JN111714

落ち穂ひろい

碓田のぼる

あけび書房

はじめに

本書の表題「落ち穂ひろい」は、すでに地に落ちた役に立たない落ち穂をひろうという過去性のイメージよりも、著者としては、現在性と未来性をつねに頭に描きながら書いてきたものです。私たちがもつ自らの過去回想は、当然ながらそこには色濃く現在と未来へとつながる意識が流れていることを感じます。それゆえ、過去をいちがいに過ぎたものとして捨てることが出来ないのは当然です。本書のエッセイは、著者の私が、すでに十分高齢の域に入っており、長い過ぎたことの中からの回想という性格を持っています。

回想とは、人間が前に進むためには、欠かせない作業のように私には思えます。

時に非生産的な情緒や感傷が入るとしても、人間の一つの営みとしての回想は、過去性と同時に重い現在性と未来性を含んでいると考えます。そうした意味合いで、本書のそれぞれの文章は、過去の時系列に規制されながら、同時に「現在」と「未来」を抱えているのだと思います。

私は本書の一つひとつの文章を書きながら、そこには、過去に送りきれない、現在や未来にかかわらざるを得ないものがあるということも実感してきました。

私の書いた文章の一つひとつが、そうした著者の本心の期待にこたえられたかどうかにはおぼつかない思いを持つものですが、本書を読んでいただく読者の方がたが、どの文章も著者が筆のすさびとしては書いていないことをご理解いただければ、これに過ぎた喜びはないと思っております。

落ち穂ひろい◇目次

落ち穂ひろい

恩師の幻

私が小学校に入学したのは、一九三四（昭和九）年四月、七歳の時でした。小学校から高等科まで、二年ごとに六人の先生が担任しました。私の忘れがたい恩師は、小学一年と二年を担任してもらった、中村清子という若い先生でした。先生と文通しはじめたのは、先生と別れて七年後くらいの頃からで、その頃先生はすでに結婚して二児の母親で、姓も隅倉清子と変わっていました。そこでここでは、ただ先生と書くことにします。

太平洋戦争の始まった翌年、一九四二年の春に、小学校高等科を卒業すると、国鉄長野工場の見習工となりました。鉄道工場では、機関車や客貨車を新造し、修理や車軸の定期検査などをしていました、一人前の労働者は技工と呼ばれ、半人前が見習工、もっと手前が養成工でした。養成工は二年間であり、二年半は全寮制の寮に入れられます。

私が中村先生に初めて手紙を出したのは、寮生になってしばらくたってからでしたから、先生が私の小学校を去ってから七年余りたった頃だと思います。私の住所は「長野市北中二八六　新潟鉄道教習所長野技工養成所寄宿舎一誠寮」というものでした。この宛名書きをじっと見ていると、工場から七、八分のところに建っていた、校舎風の木造平屋建ての寮の玄関が思い浮かんできます。

達筆な先生からの返事は便箋四枚で、「拝啓」とした次のような、忘れがたい第一信でした。

「お懐かしいお便り嬉しく拝見致しました。思いがけなくお便り頂き懐かしく昔に返った様な気が致します。

皆様の可愛らしい、そしてわんぱくだったお顔がはっきり頭に浮かんでまいります。

登さんは、お手紙に有りました様によく私に帯をしめさせましたっけね、それに鼻も出しておりましたよ。

でも物事は熱心ではっきく〳〵した態度、頭脳明晰で男性的であった所など感心しておりました。」

私はその頃、着物を着て学校の中を飛びまわっており、帯がほどけそうにだらしなくしていると、先生によくつかまって帯をしめてもらったりしました。そんな時、先生はいつもほのかなお白粉の匂いをただよわせていました、
いま、八十年近くも昔の先生の手紙を書き写していると、「頭脳明晰」という所で、吹き出しそうになりました。

一年生か二年生の小さな鼻タラシ小僧を、いくら教師の先生でもそんなことがわかるはずがないと思ったからです。

先生は手紙の中で、私がいつも鼻タラシ小僧のように書いてしまったので、その埋め合わせに咄嗟に思い出した四文字熟語を書いたにちがいありません。

先生はこの第一信で、金沢の街の様子や子育てに追われていることを書きつらね、最後に「どうか、少し位の悲しみ、苦しみにもまけないでたたかって行って下さい」とさとすように書き「同級の皆々様にもよろしく申してくださいませさようなら」で終っています。

この第一信から私との手紙の往来は一九七〇年代まで折にふれて続きました。先生はどうやら再び教壇には戻らなかったようです。

信濃の国の千曲川沿いの小学校の二年間が、先生には教師生活のすべてだったのでした。

——それは、小学校一年半か二年生の秋の運動会の日のこと。先生は同僚の女先生とともに、校庭が一望できる二階建校舎への狭い出入口に腰かけて運動会を見ていました。休憩時間のとき、私は帯がゆるんで、ダラシなくなった着物を引きながら、先生を見つけて走って行きました。「マァマァこれはー」と先生は言いながら、私をシャンと立たせ、帯をきちんと締め直してくれました。いつものようにお白粉のいい匂いがしました。その時、鼻をタラシていたかどうかは記憶していませんが、先生に運動会の日に、下駄箱のある少し高い入口で帯を締めてもらった記憶だけは、今も褪せずにありありとします。

敗戦の年の十二月、私は石炭を掘るために、見習工の仲間三十名ばかりと、北海道の小さな炭鉱に派遣されました。戦争中、強制連行されて来た朝鮮人労働者が、日本の敗戦でいっせいに彼らの祖国に引き上げてしまい、炭鉱は極端な労働力不足となり、石炭危機は、日本経済にとって深刻な問題となっていきました。

機関車もいつ止まるかという事態です。鉄道当局は緊急に石炭掘りの労働者を組織し、炭山に送り込んだのでした。私たちは、その一部でした。私たちの行った先は、岩見沢駅から支線に乗り、美流渡（みると）という終点でおり、馬ソリで炭住（炭鉱長屋）に向かったのでした。美流渡という字と音がきれいだったので、忘れないでいたのですが、その鉱山の住所などはとうに忘れてしまっていました。しかし今度先生からの五十通近い古手紙の中に、北海道の小さな炭鉱にいた私への手紙があり、その住所が「北海道空知郡栗沢村上美流渡鉱新鉄勤協隊」とわかりました。「新鉄勤協隊」というのは、多分「新潟鉄道局勤労協力隊」といったフルネームの略です。私がここで言いたいのは、「北海道空知郡栗沢村上美流渡鉱」という文字が呼び起す、喚起する言葉の力です。

この住所を何回か口ずさんでいると、空知郡が啄木の歌を思い出させ、またボタ山の起伏や丘の上に立ち並んだ貧しい炭住、谷底のような雪の中にあった共同風呂などが思い出されてくるのです。さきに述べた「一誠寮」の住所もそうでしたが、文字には不思議な喚起力があるのだと思いました。文字によって想像力が刺激され、忘れていた記憶が喚起されてくる――という発見は貴重でした。先生の手紙は、ほとんど私への返信でしたから、五十通近い、私宛の住所は、私の生きたあとを追って来た、とも言えそうです。その住所書きを見ていると、今まで全く気付かず、忘れていたかずかずのことが喚起されてきて、私には貴重なものです。

一九五二年頃、私は夜学の友人と二人で目蒲線の武蔵小山で間借り生活をしていました。そんなある日、一枚のハガキが来ました。

「わたくしは隅倉和子ですどうぞよろしくお母さんの子供ですいちばんすそごですなんしろあなたにだしたくてようやくおかあさんのゆるしをうけて書きました

これからあなたとだし合こしましょう。小学校四年四組みですわたくしに出すじゅうしょは熊本県玉名郡長洲中隅倉和子様でおくったらちゃんとつきますあけましてお日出とうございます　元旦」

何とも楽しくなるような文章でした。「。」は一こだけ、「明けましてお目出とうございます」が一番最後に少し大きめに書いてありました。先生と、十五年ぶりで再会したことはのちに書きますが、その時「すそご」さんも一緒でした。もう高校生でした。「すそご」さんは、のちに熊本大学医学部を出て、医師の国家試験にも合格し、医者になりました。

一年に二～三回の先生との手紙のやりとりが続きました。「すそご」さんからは、二年ほどに、二通ほどの手紙が来たあと、パッタリ途絶えました。

安保闘争のあった一九六〇年、わけても樺美智子さんが警官隊の暴力で殺された、六月十五日の夜のことは決して忘れることはありません。その夜私は、「大学・研究所・研究団体集会」（略称大・研・研）という組織の副指揮者でした。国会の南通用門に入った所では、学生と警官隊が激突をくり返していました。デモが終了してもそれは続いていたので、教え子たちを案じた教授たちが、南通用門の道路上で二百人くらいが見守っていました。夜の十一時頃、予告もなく、警官隊が暴力をふるって突込んで来ました。学者・研究者の多くが重傷を負い、救急車で病院に運ばれました。この事件はのちに「六・一五教授団暴行事件」として長く裁判闘争が続きました。

私の所属する東京私教連の明大助教授のS書記長も重傷を負い、書記次長だった私が書記長の仕事を引き継ぐ事態となりました。

一九六一年の六月、緊迫した情勢の中で、日教組大会が開かれ、参加することになった私は、熊本で途中下車して、ぜひ先生に会って行こうと思いました。すでに半世紀以上も会ったことの無い先生を見つけることが出来るか、私はその不安にとらえられていました。

——そして、その日、長洲駅の改札に、見なれない親子らしい二人を見つけました。それが先生と高校生らしくなった「すそご」さんでした。先生は、見たこともない他人のような表情に変わっていました。小学校で帯をしめてくれた先生ではありませんでした。その時、何と言って挨拶をしたのであろう。今思い出そうとしても全く思い出せません。

しばらくして、少し固い感じがほぐれて、三人は熊本城を散策し、何枚かの記念写真をとりました。予定時間にせきたてられ、駅まで見送ってもらい、私は慌だしく列車で宮崎に向かったのでした。その日のことはどこかにメモしておいたはずですが、今は行方不明です。

東京に帰ってから写真などを送ると、そのことへの先生の返信は次のようなものでした。一九六一年七月七日の消印です。

「御便り有難うございました。

記念写真も本当にお城の美しさと共によく写れて居て、懐かしい思い出と成る事でしょう。もっと時間が有りましたら、ゆっくり市内を御案内したり、長洲の自宅まで御出で頂こうと思いましたのに、残念でございました。

元気に立派な御姿を見て何からお話してよいやら、話も後や先、固くなってしまって思う様に話せませんでした。

でも涙の出る程嬉しく昔の事が懐かしく思い出されてまいりました。

どうぞこれからも御健やかにそして人生をたたかって行って下さいませ」

私は　先生に別れて宮崎に向かう汽車の中で、先生との出会いの歌を何首かつくりました。

二十五年へだててあえば夢に似てわが師はやさし南国の道
おくれ咲きの桜ヒラヒラ散る日なり二人たつ銀杏(ぎんなん)城の高き石垣
美少女たりしわが師に寄せし感情のはるけくも淡し城跡にたつ
九歳の生徒、十八歳の先生——時隔て鎮西(ちんぜい)鎮台の跡に肩ならべ居る

先生の「すそご」さんとは、ついに何も話しませんでした。「すそご」さんも、母親の教え子に関心をもつて、ついて来たにちがいありません。私も昔の「すそご」さんのはじめてのハガキの思い出を言わずじまいでした。

一九六四年の暮れに、私は第一歌集『夜明けまえ』を友人の長谷川書房から出してもらいました。この年の三月で、十年余の教師生活をやめて、組合の専従役員となりました。私の組合での活動はいそがしくなるばかりで、生徒をしっかり教え育てることとは、物理的に両立しがたくなり、自分の生きてゆく先について、

一つのケジメをつけなければならなかったからです。

私の歌集『夜明けまえ』の巻頭近くに、「城跡」と表題し「一九六一年六月、日教組大会出席のため宮崎に行く途中、熊本にて旧師と逢う」と傍記した七首の作品がおかれています。そのうちの四首についてはすでに紹介しました。参考のため、残りの三首をあげれば次のようなものでした。

楚々として十八歳の少女なりし師もすでにして更年期に入る
トビ色の目のみ変らざる印象とし肥薩線の片隅に疲れて眠る
大淀川に花火散るよと妻にかく日向夏みかんのほろ苦きまち

私は『夜明けまえ』を先生に送りました。私の「城跡」の作品について、どんな感想を持つか知りたかったからです。

先生は、この歌を読んでくれたようですが、返信での、私の歌への反応は淡あわしいものでした。

「何回もくくり返して読まなくては、本当にあなたの気持や、努力なさって来た事がわかりませんので、ゆっくり読みたいと思います」として、「宮崎旅行の思い出の歌など思わず涙がにじみ出て遠い昔がなつかしくなってまいりました。」

そのあと、家族の近況などをこまごま書き、長女が結婚し、次女が熊本大学医学部の専門課程二年生で医学の勉強中であることを伝えてきました。

先生は、私が手紙を出すと、必ず返事をくれました。ハガキと封書が半々ぐらいです。先生からの便りの一番最後は一九七〇年一月の年賀状でした。先生が先に便りをくれたのは、これが最初で最後でした。最後というのは、私が手紙を出さなくなったことを意味します。一九四二年から三十年近く続いた先生との交信は切れたことになります。なぜか。

私には一九七〇年前後から生活の激変があったからです。一九六九年日教組本部に入り、それ以降、私の組合運動上の任務と活動が、それまでの生活を一変させました．全国的な組合運動に責任を負い、とくに激発する私学の民主化闘争や相次ぐ首切り反対闘争に、全国を飛び廻らねばならなかったのです。そうした闘争に全力を注ぐ日々は、先生のことが頭にも浮かんできませんでした。

先生からの古い手紙の束を見つけ出してから、私は一つ一つ丹念に読み返してみました。先生の手紙の文面は、はじめての手紙にあった「登さん」から「登様」になり、やがて遠い人のように「貴方」「「貴方様」と儀礼的になっていきました。私の方も「中村先生」宛には一回も手紙を書いたことがなく、いつも「隅倉清子様」でした。それは感覚の上では、中村先生とは違う人に書いているような違和感が、いつもつきまとっていました。

先生の亡くなったことが、何となく伝えられて来て、すでに二十年以上になります。私は生きているうちに、是非先生の墓参りをしたいと、ひそかに願っています。
いまも、先生を思うたびに幻だってくるのは、小学校の運動会の日に、帯をしめてもらったことです。老いて今も追っている恩師の幻です。

（二〇二一年十月二十七日）

パン袋と手塚英孝さん

手塚英孝さんは、小林多喜二と地下活動をともにした盟友であり、第一級の多喜二研究家であり、『小林多喜二全集』の編集者です。

私の手塚さんの思い出は、ごく個人的なことです。小田急線に豪徳寺という駅があります。大谿山豪徳寺という寺は、幕末に桜田門外の変で暗殺された大老井伊直弼の菩提寺として知られています。その名のついた駅の、近い所に、亡くなった妻の遠い親戚があって、娘時代から入り浸っていたので、親戚の近くに住んでいた手塚さんのことは、私よりはるか以前から知っていました。私たちが結婚する時、妻の母はひどく反対しましたので、私たちはその親戚の八畳間で、数名ばかりの茶話会のような結婚式をあげました。手塚さんの奥さんは、手づくりの料理をつくりながら、私たちを励まし、この八畳の「結婚式」に大いに協力してくれました。一九五五年の三月でした。私が手塚さんを知るようになったのは、その頃からです。

　ある時、用があってこの親戚を訪れて帰る時、家の前の道路を、駅の方から、着流しで、村夫子（そんぷうし）然とした手塚さんが、ビニール袋を提げて歩いてくるのに出会いました。手塚さんが、つまむ様にして右手に提げて来たビニール袋は、パンのようでした。「今日はー」と言うと、手塚さんは考えごとをしていたらしい顔をフーッと上げ、「ヤァー」と左手を動かしながら、すれ違っていきました。似たような出会いがもう一回ありました。同じようにビニール袋を提げていた手塚さんでした。

小林多喜二の小樽商業時代の友人に蒔田栄一がいました。短歌や語学にすぐれていて、多喜二たちと短歌会をつくって活動していたことを、手塚さんの書いた本で知っていました。多喜二は当時、熱心な啄木の愛読者でした。私は一九五九年ごろ、手塚さんに紹介状を書いてもらって、まだ存命だった蒔田栄一を訪ねました。その頃、蒔田栄一は代々木駅近くで予備校をしていたと記憶しています。蒔田栄一の話は面白いものでした。多喜二の、

思ふ人の夢を見たとて夜着の袖裏にかへして寝てもみしかな

という歌を、『素描』という回覧雑誌に書いた自歌自注で、多喜二は厳しく自己検討を加えながら「どうもはっきりしないと思うがなほ忘れがたい歌だ、この一寸したことにも愛する人をしのばむとする心がよく解る為に心をひかれた」と、結局、多喜二は、わが田に水を引いているのだと、蒔田栄一は楽しそうに笑いました。そして、そもそもこの歌は、小野小町の「思ひつゝぬればや人の見えつら

む夢としりせば醒めざらましを」「いとせめて恋しき時はうば玉の夜の衣を返してぞぬる」の模倣であり、いずれにしても多喜二の歌は古い感覚の歌だと、多喜二を目の前において、種あかしでもするように、懐かしさをこめて微笑したことが忘れられません。

私のもっとも早い時期の評論「小林多喜二と啄木――その短歌をめぐって」は、蒔田栄一のエピソードも書き入れ、一九六〇年の『新日本歌人』四月号に発表しました。安保闘争がすでに開始されていた時期に、こうした関心の評論を書いたのは、今考えると不思議のような気がします。こんな情勢だからこそ、多喜二のことを書くんだ、と言った気負いがあったのかも知れません。

しかし、よくよく考えれば、私の若い日の評論「小林多喜二とその短歌をめぐって」は、手塚さんの深い多喜二研究とはげまし、親切のおかげを受けたものであったことを、つくづくと思います。

手塚さんが、豪徳寺に住むようになったいきさつについて、私は二〇二一年の『民主文学』八月号の「宮本百合子と渡辺順三」の中で書きましたが、一番面白そうな所は、紙面の都合で割愛したため、書けませんでした。それは、渡辺順三の短歌自叙伝『烈風の中を』に書かれている二人のこんな出合いの場面です。

渡辺順三が豪徳寺裏あたりの二階家を借りて住んでいた頃、二階が空いたので、借り手を探していたある日、中年の女性がやって来て二階を貸してほしいと言う。以下順三自叙伝のその部分です。

「どんな仕事をしている人ですか」ときくと、「絵を勉強しているんですが、少しからだが悪いので、もしよろしかったら明日にでも本人を連れてお部屋を拝見に伺います」

といって、その女の人は帰って行った。そしてその翌日、本人という男を連れてきた。その男の人が私の家の標札をしばらく見ていたが、

「失礼ですが、『文学評論』を編集していた渡辺さんですか」と言って、私の顔をじろじろ見ている。私は、

「そうです」と答えると「なアんだ、そうですか。それなら隠す必要はないんだ。僕は手塚英孝です。」私は手塚英孝の名前は知っていた。雑誌『ナップ』だったかに「虱」という小説を書いていたのを読んでいた。その後、小林多喜二と一緒に非合法活動をしていて、そして捕まってながく獄中にいて、そのころ出獄してきたばかりであった。「なアんだ、手塚君か」

私もそういって、二人で大笑いした。その日から手塚君は私の家の二階に移ってきた。


手塚さんが何度目かの逮捕で、出獄してきたばっかりの一九三六（昭和十一）年

の秋ごろのことと思われます。

渡辺順三がここで書いている短編小説「虱」は、手塚さんの二十三歳ぐらいの時の作品で、『手塚英孝著作集』（全三巻）の小説集第二巻の巻頭作品です。「虱」の話は、小説の中では、逮捕された主人公青山の、次のような独語めいた話として、たった二行あるばかりです。

「今日も良い天気だ。昼前になると向こう側の房はお天道様にあたって虱をとる。青山もシャツをぬいで虱をとりはじめた。いくらつぶしてもすぐたかる。」

この「虱」を小説の表題とした意味を、私には正確につかめません。留置場の不潔さの告発と思いますが、もっと象徴的な大きな意味があるかも知れません。

青山は逮捕される前、友人と二人で秘密のアジトで〆切りの迫った党の宣伝物のガリ切りを必死でしていました。そこに、党の人が来て、〆切りが一週間のびたことを告げ青山はホッとします。党の人は、

「『どうだい、まあ、これでも食わないか』と言ってアンパンの包みを破ってすすめて、隅の男をゆり起こした。」

という一節があります。

のちのことですが宮本顕治の『回想の人びと』の中に、手塚さんがアンパンが大好きだったと回想している文章がありました。宮本顕治も豪徳寺でアンパンを買って十何年かぶりで食べ「なかなかおいしい」し、「安くて非常にあんこがたくさん入って」いたと書いています。

私はそこを読んだとき、昔、私が豪徳寺の駅近い道で、手塚さんがもっていた白い紙袋の中は、まぎれもなくアンパンだったと確信しました。そして、手塚さんの最初の短編小説「虱」の中の、アンパンを持ってきた党の人は、おそらく作者手塚さんの分身だろうと、ほとんど確信のように思いました。

一九六〇年の安保闘争から二、三年たった頃だったか、手塚さんから「六・一五教授団暴行事件」の話を聞きたい、資料もあったら見せてくれとの連絡があり、私は手塚さんと会って話をすることになりました。私は勤め先の学校の近くの喫茶店に案内し、もって来た「六・一五教授団暴行書件」について集めてあった、かなり多くの当時の大学教授会や研究所などの抗議文や声明、一般紙の記事などの資料を渡し、説明しました。手塚さんは気さくで、熱心に私の話のメモを取りました。

しかし、手塚さんは生前ついにこの事件のことを書くことはありませんでした。それは、部落解放同盟による暴力による教育への介入で、大きな社会問題となった兵庫県の「八鹿高校事件」についてもそうでした。手塚さんのもった仕事の順位表を想像するに、多くの先行する仕事があったからにちがいありません。手塚さんならではの小林多喜二の全集の編集や多喜二研究家としての仕事、多喜二の伝記の完成などの仕事でした。宮本百合子全集の編集もあったろうと思います。

寡作な手塚さんも、戦後には胸打つような短編をいくつも書いています。「父の上京」（一九四七年『新日本文学』十一月号）とか「落葉をまく庭」（一九七二年『文化評論』四月号）などは忘れがたい作品です。

手塚さんのやはり戦後の作品に「『赤旗』地下印刷」（一九六七年『文化評論』四月号）があります。この作品は小説ではなく、戦前の日本共産党の機関紙「赤旗（セッキ）」が、組織にもぐり込んでくるスパイや、特高警察とたたかいながら、どのように新聞の組型がつくられ、印刷されていったかの地下活動のルポルタージュです。手塚さんは、おそらく後世に残そうとして、この記録文学を書いたのだと思います。

地下印刷所はいくつにも分散されて作られます。一つが見つかって関係者が検挙されても、「赤旗」が途切れずに発行できるためです。そうした印刷所は「山」「川」とかの符牒で呼ばれました。

「九月上旬には林田茂雄が責任の組版屋で検挙された。」という一節が手塚さんの作品に出て来たとき、私は思わずびっくりしたことがありました。のちにわかる事ですが、この「山」の一つである組版屋は、池袋でかつて渡辺順三が光文社と名づけていたもので、病気のため、やむなく手離したものでした。林田茂雄がここを「山」にしようときめた時、そこがかつて順三ゆかりの印刷所だったとは夢にも知りませんでした。もし知っていれば、すぐアシがついてしまうから、「山」などには絶対選ばなかったでしょう。「平均寿命三か月」と言われていたのが当時の「山」でした。それほど特高警察は「山」を見つけ出し、つぶすことに狂気じみていたのです。

林田茂雄には、手塚さんの作品とほとんど似た題名の『「赤旗」地下印刷局員の物語』という戦後の著書（一九七三年六月、白石書店）があります。手塚さんの作品と重なる時代、テーマも同じです。手塚さんの作品の視点は、時代の全体像をうかばせ、林田作品は、「赤旗」印刷を具体的に手がけた地下活動の労働者の物語です。林田茂雄がようやく見つけ「山」のおやじと人間的にも強い絆をきずき上げ、通称「平均寿命三か月」の「山」を、一年二か月も安全に守り通したのでした。林田茂雄の逮捕で、「山」のおやじさんもつかまり、三週間もブタ箱に入れられましたが、知らぬ存ぜぬ、で押し通し、釈放されました。

私がこの先で書こうと思っていることは、さきに紹介した林田茂雄が『「赤旗」地下印刷局員の物語』の中で書いている「握らぬ握手」という感動的な一篇についてです。

「山」のおやじさんがブタ箱から出てまもなく、おかみさんが、林田茂雄に新調のドテラを差し入れてくれました。「寒さに気をつけてください」という伝言がそえられていました。

「山」のおやじさんは逮捕で、商売は目茶苦茶になってしまったのに、こうした親切は、林田茂雄には泣けるほど嬉しかったのです。十月に入って豊多摩刑務所に未決で送られる日、朝から冷たい雨が降っていました。林田茂雄は、二階の特高室で大島という特高と迎えの車が来るのを待っていたのです。その時大島が、林田茂雄に、

「おい、ちょっとあすこを見ろ」

と窓の方を指さしたのです。門のところには、「山」のおかみさんが、その姉さんと、一本の傘に身を寄せ合ってたっていたのでした。特高係は前から「山」のおかみさんに、林田茂雄の未決送りの日を教えてくれと願われていました。特高は「ちかぢか」とごまかしていました。それ以来、もう三日、毎日来ているのだと特高は言います。「よそながら君をお見送りしたいんだそうだ」――

「私はいきなり窓に半身を乗り出して「おうい」と手を振った。大島があわてて「ばか、声をだすやつがあるかと小声で鋭く制した」「もう私には何の言葉もでなかった。ただ、目玉もほほも焼きつくさんばかりのあつい涙だけが止めどなくあ

ふれつづけた。」

林田茂雄には涙のため彼女の姿がぼんやりとしか見えませんでした。やっとのことで、おかみさんたちを見定めることができたとき――、

「私は右手をつきだし、ひらいた五本の指を、静かに、固く、握手の形に握りしめていった。その意味はおかみさんにもすぐ通じたらしく、彼女もまた番がさの柄を姉さんに渡して、その右手をさしだした。二階と地上と、雨をへだてて、握らぬ握手のこぶしはいつまでもかたかった。」

「おい、もういい加減にしろよ」と大島がいいます。宿敵の特高だったがこの時の彼は「握らぬ握手」のために「重大な職務違反を敢行してくれた『恩人』だった」と林田茂雄は書いてこの物語を次のような言葉で閉じています。

「山」のおやじさんの姓は梅若という。名は覚えていない。まだ生きているなら八十歳をこえているはずだが『赤旗』活版化四十周年をむかえた今、だれよりも先に乾杯を共にしたいのは梅若のおやじさんだ。

そしてまた、これは死の数日前の渡辺順三から初めて聞いたのだが、梅若さんは、渡辺君が光文社を経営していたころにいた職人で、渡辺君が廃業した時それを安く譲り受けて独立開業したのだという「山」を見つけたのはまったくの偶然だったのだが、こうなってみると、私の印刷局員生活はピンからキリまで渡辺君とのかかわりにおいて成り立っていたことになる。

一九七二年二月二七日、渡辺順三葬儀の時、私は進行役でした。林田茂雄は、友人代表として、涙を流しながら弔辞を述べたことが忘れられません。その時、林田茂雄の脳裏を去来したのは、梅若さんであり、握らぬ握手のおかみさんのことだったかもしれません。

私が、林田茂雄の『「赤旗」印刷局員の物語』で「握らぬ握手」に出会ったのは、四十七年も昔です。そこで学んだことは、人間同士が深く信じあうという事の偉大さという事でした。

手塚さんのアンパンでも、そうした愛情がこもっていた気がします。

（二〇二一年十一月十日）

「山口民報」の思い出

古いファイルの間に、今は全く忘れてしまっていた、「山口民報」に書いた文章が出てきました。一九七三年九月三十日付けの「山口民報」のそれは、何と宮本百合子まがいの「歌ごえよ、おこれ」と題したものでした。何でこんな題を?と思いつつ、この古いエッセイを読み直す羽目となりました。私の文章は、四百字で十一枚近くの、一面を埋めるほどの長いものでした。

編集部の次のような短いリードがつけられていました。

「このほど本紙に「短歌欄」をもうけることになり、新日本歌人常任理事、民主主義文学同盟員の碓田のぼる氏（日教組私学部長）に選者をおねがいすることになりました。選者をおねがいするにあたって、「歌ごえよ、おこれ」の一文を寄稿していただきました。

私が恐れげもなく「歌ごえよ、おこれ」と題したエッセイは、新たに発足する「山口民報」の「短歌欄」新設への期待と発展への願いをこめた表題であることがわかります。それにしても、よくもこの表題で——と、若い日の思慮の無さに、九十歳をこした私は差恥を感じます。

私は、自分の書いた文章の中から、あらためて思い出すことどもを拾い出してみたいと思います。

——当時、私は下関市内の高校の二名の不当解雇を撤回させる闘争支援に、しばしば下関市に出かけ、山口県労働委員会の不当労働行為審問に証人として証言もしたりしていました。そんな折り、取材に来ていた「山口民報」編集長の伊藤きよしと親しくなりました。彼は、戦後シベリアのブカチャックという所に抑留されていて、そこで「森川」と言う人（名前は知らず）が短歌サークルを作って指導しており、自分もそこで短歌を覚えた——という話を聞きました。それを聞いた瞬間、私はその「森川」は、新日本歌人協会を支えていた大黒柱の一人である、森川平八に違いない、と直感しました。彼はシベリア抑留生活を歌った、第一歌集『北に祈る』があることを知っていたからです。

私は東京に帰って、早速森川平八に電話して、シベリアの捕虜収容所ブガチャックのことを聞き、短歌サークルのことを聞き、伊藤きよしのことを聞きました。森川平八は、伊藤きよしは知らないと言い、それ以外の情況は伊藤きよしの記憶と一致していました。それ以後、森川平八と伊藤きよしは懇意となり、伊藤きよしは新日本歌人協会の会員となりました。こうして「山口民報」は、私にとって縁深いものとなったわけです。

私の「山口民報」の「短歌欄」の選者活動は、エッセイを書いた年の十一月から始まり、一九八〇年三月まで六年半におよびました。

私は「山口民報」では、いくつもの連載の仕事をしました。主なものは次の三つです。

①「短歌への招待」、一九七五年秋より約一年余連載。のち飯塚書店より同題の単行本刊行（一九七八年七月）。

②「啄木の歌――その青春とリリシズム」、一九七七年から約一年半連載。のち東方出版より『青春の光と影――啄木の歌と人生』として刊行（一九七八年九月）。

③「烈風の中に――渡辺順三の生涯と作品」、一九八一年五月より一九八四年五月まで三年間連載。のち『手錠あり――評伝・渡辺順三』として青磁社より刊行（一九八五年二月）。

この連載の仕事は、今考えると、私の短歌の仕事や、啄木研究、順三研究の継続・発展の上で、欠かせない土壌となって行きました。

そうした意味で、とくに一九七三年からのほぼ十年間は集中的に文章を書きつづけられたことはしあわせだったと「山口民報」に深く感謝している次第です。

もう一度、宮本百合子ならぬ私の、「歌ごえよ、おこれ」の文章に戻ります。

前述の文章で書きおとしましたが、森川平八の第一歌集『北に祈る』は、「人民短歌」の一九四七年度啄木賞に佳作入選しました。シベリア抑留生活を詠ったこの歌集は、森川平八の恩師窪田空穂の序文と、啄木賞選考委員の渡辺順三の跋文をもって登場し、戦後歌壇にも注目されたものでした。

生きぬいてかえらねばならぬ生命なり朝日に向きて大き呼吸する
とらわれて餓えつつ北の野にあれば無頼に過ぎしわれの青春
残雪のかがよう四月シベリアの大地踏みしむ離れゆく今を

森川平八が日本に帰って来たのは戦後二年目の一九四七年でした。復員と同時に、窪田空穂が前年創刊していた「まひる野」に入り、同時に「人民短歌」にも参加しました。

私のエッセイには、山口県に関係のある二人——一人は歌人北浦勇海、もう一人は多喜二研究家で作家の手塚英孝——についても書いていました。

まず、北浦勇海です。山口県の山陰側の北浦海岸出身で、冬涛（なみ）が勇壮に荒れ狂う故郷をこよなく愛し、大田蕃穂（みずほ）という本名を捨てて、ほとんど生涯を北浦勇海で通しました。「いさみ」が正しい呼び名ですが、歌仲間ではみんな「ユーカイ」「ユーカイさん」と呼びならわしていました。新日本歌人協会には一九六三年に入りましたが、その五年後から三十年に及ぶ闘病生活に入りました。性来豪傑肌で、斗酒なお辞せず、と言った酒好きでしたが、それを恐らく原因としたか、食道静脈溜破裂という難病にとりつかれ、これが一回ですまず、ある時不意に襲うのです。その度に大量の吐血をし、生死をさまよって来ました。

「新日本歌人」に参加してから、三十年間に及ぶ闘病生活のすえ、一九九九年三月に、六十三歳の、血の歌人の生涯を終わりました。

私が「山口民報」に、北浦勇海のことを書いた二か月前の七月下旬、「赤旗」と『文化評論』が募集した文芸作品の短歌部門に彼の「明けゆく川」の入選発表がありました。北浦は、応募作品を投稿後、四月中旬に大吐血をし危篤状態となり、久留米市の聖マリア病院に入院し、やや持ち直した状況の中で、この入選の報を聞いたのでした。それは、命がけの作品だったと言ってもよいでしょう。「いく度もの吐血臨終の私から救ってくれた医師、看護婦」と言った医療者の集団への感謝の言葉は忘れられません。「吐血臨終」から救われた、北浦勇海の、それこそ血の叫びだったと思います。

北浦勇海にふれたエッセイの中で、私は「明けゆく川」の中の次の一首を引いています。

吃水（きっすい）を深く沈めて帰港する漁船は絶えてあぁ故郷の海

大資本の力と公害のために出漁しても油代にもならない北浦漁師の嘆きを歌ったものです。気どらずに、しかもゆるがない気概のようなものを底に秘めたいい歌でした。

――彼の闘病生活のやや落着いていた初期の頃、私は北浦勇海と、彼の故郷の北浦海岸を訪れたことがあります。初冬の日本海の荒波を私に見せようとしたのでした。しかし、その日はベタ凪（なぎ）で、おさまり返っていました。彼は不満げでしたが、私は十分満足でした。その記念の歌を二首、歌集『花どき』に残しました。

自らの余命こともなげに言いすてる病体の君の語気をかなしむ

薬草の名を克明（こくめい）に君言えどここの冬野をゆくわが無言

もう一人の作家手塚英孝について。私はすでに「手塚英孝とパン袋」で、私に直接かかわることを書いてきました。ところが「山口民報」の私の一文の中に、私の全く忘れていたことが書いてあり、新鮮な思いでそれを読みました。遠い一コマの思い出が突如、輪郭をととのえて、闇の中から浮上してきたような感じでした。私が「山口民報」にエッセイを書いた一九七三年は小林多喜二の没後四十周年にあたり「記念の夕」が開かれ、そこで当時の宮本顕治委員長の、「小林多喜二とその戦友たち」と題した記念講演があり、私もそれを聞きたいと思って出掛けたことが書いてありました。宮本委員長は、今野大力や今村恒夫などの生涯を感銘深く語ったあと、手塚英孝についても触れられたのでした。

ちょうどこの日、手塚英孝著『落葉をまく庭』が第五回の多喜二・百合子賞の受賞発表があり、まぎれなく小林多喜二の「戦友」である手塚英孝を二重の意味で語ったのでした。宮本委員長の手塚英孝論は、作品にもふれながら、その人物論がくだけた気さくなもので、会場には、しばしば爆笑がわきました。

「手塚くんは、くしくも私と同郷でありまして、私の中学の二、三年年上でありました。……そのときは私はかれとは友達ではありませんでしたが、大変おしゃれの中学生でありました。」

笑いがここで起こりました。私が豪徳寺の道で出会ったパン袋をつまむようにして歩いていた姿を思いながら、私はその意外性に、その話は驚きであり、かつ愉快であったことを思い出しました。宮本委員長はさらに続けて――と、私のエッセイはこう書いています。

「さっきみなさま方の前にあいさつしたときの手塚君は、いかにも村の村長さんか（笑い）、あるいはいまの村長さんはもっとスマートでしょうけれど――」

爆笑はここで起こったと私は書いています。そのあとに次のような私の文章が続いています。

「その会が終わると、真直ぐに東京駅に向かい出張のための夜行列車にのった。ゴトゴトゆれる列車寝台で、なかなか眠れなかった。手塚さんの多喜二・百合子賞の受賞が嬉しかったたし、宮本委員長の話も胸に沁みるものであった。そして、かつて元気で私たち夫婦の、八畳間の結婚式を親味に世話してくれた、今は病床にある手塚さんの奥さんを、もう長いこと見舞わずにいることを思って恥じた。」

ほぼ四十年前の、全く忘れていた『山口民報』の自分のエッセイを読み返しながら、私は、記憶からズリ落ちていたような、自分史の一頁が、色濃く書かれているように思いました。

私のエッセイに登場した人は、すべて鬼籍の人となりました。一人取り残されたような感慨がおそったりします。

失くなった詩人の辻井喬が、

月中天余生は重し寺に屋根

という俳句の結びの句「に」の使い方を、激賞していたことを思い出しましたが、私は「に」もさることながら二句の「余生は重し」の表現の迫真力に打たれます。生き長らえるものには、それだけの「重さ」と責任があるのだと思うと、かるがると「余生」は扱えない、といった思いが、肩に力を入れた感じではなく、平常心の中で感じたいものだと、思ったりするのです。

「山口民報」に新設された月一回の「みんぽう歌壇」の投稿者は四名から出発しました。半年、一年と続けていくうちに投稿者は二十名をこえるようになり、紙面の都合で選歌で半数ぐらいをのせるようになりました。「みんぽう歌壇」の初期の頃活躍した歌人に、伊藤きよし、野上廸(みち)夫、原ナナ、舛富あさ子などの名前が浮かんできます。私の手もとに残るスクラップを読んでみると、なかなかの水準だったことが思い知らされます。

帰りこぬ母をさびしみいねし子の枕べに並ぶ紙飛行機の列　――舛冨あさ子
夕焼けとも鉄烙くあかりとも空燃えて労働者の街に六月昏るる――野上迪夫
口あけて標本ケースに収まれる魚よかの海底の暗さはいうな　――原ナナ
演説に手をふりながら沖へ出る舟は真すぐに水尾をひきてゆく　――伊藤きよし

いずれも七〇年代半ば頃のものです。伊藤きよしは、国政選挙の候補者として活動するようになっており、『山口民報』の編集は、若い山本晴彦さんに受けつがれ「歌壇」も発展していきました。すぐれた作品を残した中村世雄は、「みんぽう歌壇」に七〇年代後半ごろ登場しました。

「みんぽう歌壇」は今も健在です。この「歌壇」に登場した歌人たちの中に、新日本歌人協会の啄木コンクール賞や新人賞などを受賞した人たちが、何人も出ました。つい最近では、「みんぽう歌壇」の常連出詠者の森田あや子さんが、「かたへら」三百首で、第七回（二〇二〇年）現代短歌賞を受賞したことなどが特筆されます。森田さんは二〇〇五年啄木コンクールの入選者でもあります。

「山口民報」が発行されると、今も必らず送ってもらっています。そうした時、私がまっさきに見るのは「みんぽう歌壇」です。年を取りながら、昔ながらに健在な名前を見ると、ある種の安堵があります。

『山口民報』は、一九六六年八月二十八日に創刊された地方政治新聞です。六〇年代の後半から七〇年代の前半ごろにかけて、日本共産党の山口県党は、中国共産党の毛沢東一派に盲従する反党分子とたたかいながら、前進を切り開いていた時代でした。『山口民報』は、重要なその武器として発刊されたものでした。そうした経過を知るにつけ、「みんぽう歌壇」の存在は、進歩と革新の方向性をもった、感情や感性の大きな合意形成の、一つの言葉の「武器」であったのではなかろうか、などと考えたりします。

伊藤きよしさんのあとを受けた山本晴彦さんは、人も知る知の巨匠、加藤周一の京都での勉強会「白沙会」のメンバーです。言ってみれば、加藤周一の門人とも言える人です。山本晴彦さんは、時に、「白沙会」でのテキスト、加藤周一の「夕揚妄語（せきようもうご）」（「朝日新聞」名代の評論）などを深く読み込み、今のような状勢ならば、加藤周一なら何と言うか－と言った様な文芸時事評論を書いたりして、紙面をかざっています。

私はそうした評論を楽しみにしています。

いま振り返れば、『山口民報』に深くかかわった時代は、私の生涯の中で、消しがたい刻印をきざんだものでした。

「一期一会」という言葉がありますが、私の『山口民報』との関係は、そのような感慨をもよおさせるものでした。

（二〇二〇年十一月二十五日）

伊藤桂一さんのこと

一冊の作品を読んだ事もなく、一回も会ったことがないのに、心の片隅にひっかかっていて忘れない――といった人が、二人います。その一人が作家の伊藤桂一さんで、もう一人は作家でジャーナリストの外岡秀俊さんです。

まず、伊藤桂一さんのことから書きます。伊藤桂一さんは、記憶の底に沈澱していて、何かの時にあわあわしい光を発してくるような人でした。伊藤桂一さんとの間には、かすかなつながりがある、と私が勝手に考えていることがあって、それが何かの折りに浮かびあがり、そしてまた忘却の底に沈んだりしてしまいますそのかすかな記憶の糸とは、次のようなものでした。

——一九九六年の春ごろ、日本文芸家協会から不意に送られて来た「会報」で、当時文芸家協会の常務理事だった伊藤桂一さんと、名前を失念してしまったもう一人の人と一緒に、私を会員に推薦し、それが承認された、という記事があり、私をびっくりさせました。私はこれまで、こうした団体にほとんど関心がありませんでしたから、格別な思いを持ちませんでした。しかし、伊藤桂一という人は、何故私に関心を持ったかについては、知る由もありませんでした。はるか後年になって、伊藤桂一さんが、短歌にも関心があり、日中戦争では兵士として出征し、何百首もの歌を残したことを知りました。伊藤桂一さんと私とをつないだのは、歌だったかと、その時納得しました。

日本文芸家協会は、一九四五年に創立された「文芸家の職能の擁護と、文化への寄与を目的とする社団法人」（『広辞苑』）です。初代理事長は菊池寛、現在の理事長は林真理子氏です。文筆家三千七百八十名（二〇二〇年現在）を会員として活動している重要な団体です。

伊藤桂一さんは、二〇一七年十月に九十九歳で亡くなりました。その頃から、私の脳裏にあった、うっすらとした伊藤桂一さんは影を濃くしたように思いました。私は伊藤桂一さんの作品をせめて一冊ぐらい読まなければと思い晩年の戦争文学の傑作と言われる『静かなノモンハン』（講談社文芸文庫）を見つけて読みました。この文庫には、十三頁に及ぶ、詳細な著者の自筆年譜があり、私は、作品を読む前に、まずその年譜を最初から読みました。小さな小さな、ただの一点のような私と伊藤桂一さんとのつながりが、だんだん大きくなっていくのを感じました。

やや先まわりして言えば、伊藤桂一さんはきわだった思想を持ったという人ではなく、ともかく小説が好きで好きで、ロクロク学校にも行かず、小説を書き続けてきたような感じでした。

伊藤桂一さんの学歴を年譜でさがしても、せいぜい中卒どまり。その中学でさえ「学業が疎かになる」(十五歳)、「学業の成績は坂をころがるように低下する」(十六歳)、「学校の成績あがらず」(十八歳)といった具合で、すべての力を小説、詩つくりに投入し、いろんな文芸誌に投稿することを唯一の目標とするようになるわけです。いろんな職業を転々とするも、「いずれも薄給。文学に縋ることによって厭世観をわずかにしのぐ」といった生活でした。


徴兵検査は「皮肉にも」甲種合格でした。そして軍隊へ。軍隊生活でも詩作は続行、日中戦争に動員された戦地で、短歌二百首をつくる、といった軍隊生活が六年十か月続きます。軍隊での最終階級は伍長だったようです。

「ノモンハン事件」は、覚えている人は、ほとんどいないくらい遠い昔のことです。一九三九年の五月から九月にかけて旧満州とモンゴルとの国境で、関東軍が引き起こした戦争で、ソ連・モンゴル軍に関東軍は大敗しました。伊藤桂一さんは、戦後にノモンハン生き残りの三人の兵士を取材し、作家としての視点で作品化したものが、『静かなノモンハン』です。司馬遼太郎も、ノモンハンを書こうとして断念した話が伝わっています。伊藤桂一さんの『静かなノモンハン』は、一九八四年に芸術選奨と吉川英治文学賞に輝きました。

伊藤桂一さんが日中戦争で、中国山西省で兵としてたたかった時の短歌の記録は、『私の戦旅歌とその周辺』(講談社、一九九八年七月)の中に収められています。そのいくつかを引いてみます。

この山は死ぬるに寂し水湧かず馬蹄かず樹に雲も逝かざれば
あかあかと太行（たいこう）山脈の果に墜つる夕陽うつくし明日も戦わむ
ひとことをなんといいしか聞き分かずひとのいのちのかくて終れり

伊藤桂一さんの戦場詠は、静謐（せいひつ）な感じがします。すべてを透徹してくる人間の生きる気配のようなものを感じます。私は、思わず、宮柊二の『山西省』を思いました。そのいくつか。

耳を切りしヴァン・ゴッホを思ひ孤独を思ひ戦争と個人をおもひて眠らず

おそらくは知らるるなけむ一兵（いっぺい）の生きの有様（ありさま）をまつぶさに遂げむ

ひきよせて寄り添ふごとく刺ししかば声も立てなくくづをれて伏す

宮柊二の『山西省』の歌の特徴を隈なく指摘することは出来ませんが、じっと耳を澄ますように、二人の作品を読みくらべると、私には庶民の兵と、歌人の兵とがそれぞれの戦場の位置であげる人間の真実の声を感じます。その声は、私に二人の歌人の、ある人生途上のある地点での声——ではなく、自分の全存在をひびかせている、という真実感が、二人の戦場詠には感じられます。

遠い他人のように、膚一枚で接していた伊藤桂一さんとのつながりは、伊藤さんの没後に強まってくるように思わせているのは、どうも短歌のような気がしてなりません。

外岡秀俊さんのこと

外岡秀俊さんが死去したのは、昨年（二〇二一年）の十二月二十三日、心不全で、まだ若い六十八歳でした。

訃報を見たのは、今年（二〇二二年）の一月八日付の「朝日新聞」朝刊でした。

訃報を読みながら「しまった」という思いがありました。

外岡秀俊さんとは、いつか会って話をしたいと思っていた人だからです。

ずーッと昔、一九七六年の暮れ近くだったたか、私のもとに一冊の本が送られてきました。外岡秀俊著『北帰行』(河出書房刊) でした。この小説作品は、主人公の一人の少年(多分著者の分身)が、石川啄木と出会い、懸命に人生とは何かを追って、北に向かっていく物語りでした。この年の文芸賞に輝いた作品でした。

著者は当時、東大法学部四年生で二十三歳でした。本の扉には、「謹呈　碓田のぼる様　外岡秀俊」というスリップがはさまれていました。私などへ、どうして贈呈本など送ってくれたのかがしばらくわからず、戸惑いました。しかし、著者の巻末記を読んで、納得したことを覚えています。

「執筆にあたって、以下の文献を参考とさせていただきました。この場をかりて心から感謝申し上げます。」として、十六冊の文献資料があげられた中に、私の著書『石川啄木』(一九七三年、東邦出版社) が、その最初の方にあげられていました。私は、本が送られて来たことを理解し、落着きました。

外岡秀俊さんは、東大卒業後、大方の予想を裏切って、朝日新聞に入社し、ジャーナリストとしての道を歩きはじめたのです。私は、外岡秀俊さんのジャーナリストとしての仕事は、「朝日」の訃報を読むまで、ほとんど知らない状態でした。訃報での概略では、「ニューヨーク特派員、論説委員、ヨーロッパ支局長を歴任、二〇〇六年に東京本社編集局長・GEに就任……その後編集委員を務めた」とありました。これは、ジャーナリストとしての華々しい活動の一端でした。

定年前の二〇一一年に「朝日」を退任。東日本大震災や沖縄問題、国際問題を中心分野とするジャーナリスト活動をする頃、私も関心を持って外岡秀俊さんを追うようになりました。

「朝日新聞」は、訃報の翌日の「天声人語」で、そのすべてを使って、後輩記者の追悼記をかかげました。

「この欄に私的な感懐はなじまないと心得ているつもりだが、節を曲げても追悼の一文を捧げたい先輩記者がひとりある。外岡秀俊さん。六十八歳で急逝との報にわが身を打たれるような痛みを覚えた。（中略）、記者としても、作家としても早すぎる旅立ちが無念でならない」

そう後輩記者に追悼される外岡さんの『北帰行』以後の人生が、どんなに後輩思いの、人間味に満ちたものであったかが、想像されてきます。「赤旗」の訃報は「朝日」より四日前でした。「共謀罪反対などで『赤旗』日曜版インタビューに登場しました」と書かれていました。

短いけれど、私には十分でした。

私は、外岡さんが、視野の中にいるように思ったからです。

外岡秀俊さんの訃報が出てから一か月余りした二月十九日（二〇二二年）の「朝日新聞」に外岡さんの高校時代からの友人という作家の久間十義（ひさまじゅうぎ）氏が「『強権に確執を醸す』の持続」と題する追悼エッセイを書いていました。「外岡秀俊の志」

という副題をもっていました。その書き出しは、若い日の思い出から書きはじめられています。

外岡秀俊の『北帰行』が世に出た頃を、私は昨日のように覚えている。突然彼から電話があって、高校からの友人何人かといっしょに喫茶店に呼び出されたのだ。

「文学賞を受賞した」

はにかんだ声でそう告げられて、ついに仲間内から作家が出たか、と興奮した。当時私たちは「自主ゼミ」と称して集まっては、文学論議を吹っかけあい、その後はお酒になだれ込む、よくある疾風怒濤(どとう)!? の日々を送っていた。外岡の受賞が我がこと終わるのように誇らしく、このとき私たちは幸せだった。

外岡さんが、私の所まで『北帰行』を送ってくれたのは、そうした喜びの、おすそ分けだったか、と思ったりしました。久間十義氏のエッセイは「インターネットの発達が、彼の拠って立つ『新聞』という場所を揺るがし始めた」メディアの凋落する時代の中で、外岡さんのその時代への対処を述べたものです。『北帰行』を引き合いに出し、この小説の中で外岡さんが、啄木の評論「時代閉塞の現状」について「強権に確執を醸す志」を強調していたとふり返っていました。「強権」とは、わかり易く言えば、国家権力のことです。この言葉は、「時代閉塞の現状」のサブタイトルの「強権、純粋自然主義の最後および明日の考察」に由来しています。

久間十義氏はこのエッセイの最後を、「文学とマスコミの黄昏で奮闘して、あっという間に彼岸に去っていった。残された私たちは、今はただ、大切な宝を喪った事実を万感の思いで噛み締めるしかない」と結んでいました。

外岡さんの没後、二冊ほどその著書を読みました。一冊は『3・11　複合被災』

（岩波新書、二〇一二）で、もう一冊は『おとなの作文教室』（朝日文庫、二〇一八）です。あとの一冊は、印象深い著書でした。

『おとなの作文教室』は、ネットで四百字のエッセイを募集し、それを素材に、文章の書き方をわかり易く書いたものです。短い投稿文とそれを添削した文章とが並べられて、著者の解説をつけたものです。

「主語については、できるだけ述語と距離を置かないようにする」とか、「副詞と動詞」や「形容詞と名詞」など「かかる言葉」は、「できるだけ近くに置くと言った、やさしい文法から「文章を簡潔に書く」「伝わる文章を意識する」「他人の文章に学ぶ」の三章からなるこの本は、「ですます」体でわかり易く、外岡さんの生身の声を聞くような親しさを感じさせます。

生前ついに逢うこともなかった作家であり、すぐれた文章家でもあった外岡さんに、生きていて若し出会えたら、聞きたいと夢想したことの第一は、『北帰行』の主人公が「東京に行こう」と志ざしたのち、どうしたのか、という話でした。それは、夢想の中のさらに一つの夢想ともいえるものでした。

北原隆太郎さんのこと

北原隆太郎さんは、言うまでもなく、北原白秋の長子です。私が隆太郎さんと逢ったのは、二度だけ。一度は白秋門下の松本千代二さんの歌集『運命愛』での出版記念会でした。

私は松本千代二さんとは全く関係がありませんでしたが、その歌集を出した出版社が長谷川出版という、私の友人の経営していた出版社だったので、私は誘われていったのでした。一九五〇年代の半ば頃です。会場は目白駅付近の料理屋でした。白秋門下の著者であることから、北原隆太郎さんも、多分その出版記念会を主催した人たちが、白秋の子の隆太郎さんにも出席してもらうように、企画したのだと思います。私はその時の様子や内容については、全くの記憶がありませんが、幸いに二列に並んだ一枚の記念写真が残されており、参加者の顔ぶれがなんとなく知れるのです。

著者が前列中央に坐り、その右隣りに隆太郎さんが、少しきまりわる気に坐っており、左端に新日本歌人協会員で歌人の司代隆三、評論家の久保田正文の姿があります。後列は皆立っていますが、右端にわが友大久保秀房、その列の左端に私がいて、列の真ん中に背の高い木俣修が左手にパイプを持って立っていました。その後の短歌史の中で、さまざまに活躍した人びともあったはずと思われますが、当時の私は歌集一冊持たず、変り映えのしない高校教員でした。この会で、隆太郎さんと、言葉を交わしたわけでもないのに、私には隆太郎さんと会った、という感じが妙な実感となったのは、この一枚の写真のせいでした。

隆太郎さんは、その頃、京都大学の大学院で哲学を専攻していることを友人から聞かされ、白秋の子がなぜ哲学か、ということが妙に不思議に感じたものでした。

こんな経過は、会ったうちには入らないはずですが、私の記憶はいつの頃からか、現実に会ったような記憶に代わっていきました。


隆太郎さんは二〇〇四年五月一日に亡くなりました。その二年後に遺稿となった『父・白秋と私』が短歌新聞社から刊行されました。私はそれを耽読しながら敗戦の前年一九四四年一月に、京都大学哲学科に在学中、中国戦線に従軍、傷病兵として帰還し、戦後十月に復学し、禅の探求に進んだことを知りました。私のこの稿の書き出しの出版記念会は、その数年後というような時期になるのでは、と思います。

隆太郎さんの著書で、白秋が、信州を憧憬していたと語り、「カラマツの信州と父・白秋」という文章のはじめに次の歌を引いてこのエッセイを書き始めています。

　みすずかる信濃か日本アルプスか空のあなたに雪の光れる

北原白秋の第一歌集『桐の花』所収の歌です。信濃の枕言葉「みすずかる」から歌い出しているこの歌は、信濃へのあこがれが、「か」のくり返しの巧みな配置や、第一句「かる」と結句の「れる」と、引き合うようなひびきの言葉の配置の美事さはさすが言葉の魔術師と思わずにはいられません。こうした北原白秋の信濃への関心の深さを教えてもらったのも、隆太郎さんの遺著によってでした。

　私と隆太郎さんとの第一回の出会いとは、とても言えない、ただ隆太郎さんの顔を見ただけで、隆太郎さんはもちろん私の顔など記憶するわけがなかったのでした。

私が北原隆太郎さんに会って言葉を交わしたのは、一九八五年十一月一日岩間正男さんが八十四歳の誕生日の日に亡くなられ、火葬となった日でした。岩間正男さんは、北原白秋門下の逸材であり、白秋晩年の愛弟子でした。白秋に深く信頼され、雑誌『多磨』の編集・選者なども師白秋にかわって担当もしたのでした。岩間さんは、若い頃宮城県下で六年間の教員生活ののち、一九三二年に上京し、成城学園に勤務するようになります。翌三三年に成城学園の紛争に関係し退職することになりますが、白秋との関係もこの学園紛争がきっかけでした。白秋の子の二人の兄妹が、成城学園に通っていた所から、白秋もこの紛争にかかわりますが、岩間さんは、学園経営者から解雇されてしまいます。白秋との関係は、この学園紛争を契機にしてのことだと思います。

岩間さんは、戦後日本教職員組合（日教組）結成に大きな役割を果たし、続いて参議院議員となり政治家歌人として、日本共産党のもっとも困難な時に、参議院の議場で力強い弁説をもってたたかったのでした。

銃眼に身をふさぐごとき思いもて過ぎしたたかいのとき長かりき

この歌は岩間さんの英雄的な精神のあらわれと、告別式でたたえたのは、当時党の副委員長であった上田耕一郎さんでした。この歌を含んだ岩間さんの歌集『風雪のなか』は、第十一回多喜二・百合子賞に輝きました。

岩間さんの火葬の日、私は火葬場で、あの出版記念会の日から三十年ぶりに隆太郎さんと会いました。

隆太郎さんは、会葬の人びとが岩間さんの柩と最後の別れをする間中、般若心経を唱え続けてくれました。岩間さんが鉄扉の中から、その姿かたちを無くしてあらわれたとき、私は、ごく自然に、隆太郎さんと向かい合って、岩間さんの骨をはさみ合って壺におさめました。その時、隆太郎さんは、つぶやくように私に向かって、「ちちが一番信頼していたのは、岩間さんでした」と言ったのは、今でもまざまざと思い出します。

隆太郎さんが私を知っていてくれたのは、岩間さんを通じてよりほかには想像がつきません。私は岩間さんの後裔のように、日教組の中央役員として二十年余働らいた縁なのかも知れません。

次の二首の歌は、岩間さんにささげた五首の挽歌の中のものですが、二〇〇四年五月一日に八十二歳で亡くなった、今では隆太郎さんの追悼歌のような感じをかもし出しています。

般若心経をひたぶるに隆太郎が唱えいて君は燃えゆく鉄扉の彼方

人間の形は微塵に焼かれつくし白秋の子と拾い合うまっ白き骨

隆太郎さんは『白秋全集』全四十巻を岩波書店から出版するのに足かけ七年に及んだ、と妻の北原東代さんが、『父・白秋と私』（短歌新聞社刊、二〇〇六年）という隆太郎さんの遺稿の「あとがき」で書いていました。それは、隆太郎さんの「四十年来の悲願」とも記されていました。

私はなれなれしく隆太郎さんなどとこの文章で呼んでいますが、私の敬愛した岩間正男さんを、父白秋のように大切に思ってくれていた隆太郎さんに、私は敬意を抱いていることは言うまでもありません。

岩間さんとの別離の日に、般若心経を沈痛に唱え続けた人への親愛と敬意を表するのに、隆太郎さん、と言わせてもらうことは、忘れがたい思い出を持つ者の出すぎた感情かも知れず、恥ずる思いもあると告白しなければなりません。

はるかなる河

遠い遠い日からの落ち穂ひろいです。そこに落ちていたことさえ忘れるほどの昔のことです。一九六八年九月に、生まれてはじめて海外に出た時のことです。この頃、アメリカ帝国主義は、ベトナムでの侵略戦争で南北ベトナムの解放戦線に追いつめられ、敗色を濃くしていた時期でした。

日本のアジア・アフリカ連帯委員会は、国際A・A連帯の呼びかけた「ベトナム人民支援二大陸緊急会議」のカイロ集会に、代表団を送ることになり、私も日本A・A連帯の代表団の一人として、このカイロ集会に参加したのでした。代表団は団長の金子満広さん（日本Ａ・Ａ連帯常任理事）、井出洋さん（日本Ａ・Ａ連帯理事・通訳も）、それにＡ・Ａ常設書記局員としてカイロに駐在していた成田良雄さん、それに私でした。

カイロでの、会議のこまごまとしたことは、もはや思い出せませんが、北ベトナム代表団や南ベトナム解放民族戦線の代表団による確固とした勝利の展望が語られ、アジア・アフリカを中心とした四十か国、十九国際組織からの百三十名の代表はベトナム代表の決意に強く心をゆすられました。

日本代表団の金子さんの演説も行われました。金子さんは、日本人民のベトナム支援の諸闘争を感動的に、具体的に報告しました。

当時、旧ソ連は、「自由化」をめざすチェコスロヴァキアに対し、一方的な武力攻撃を仕掛けていた時期でした。それは現在のロシアによるウクライナ侵略戦争ときわめて似通ったものでした。

金子さんは、その演説の中で、国際的な平和運動における、それぞれの国の運動は、その国情に合った運動の自主性が尊重されなければならない、として、その立場からソ連のチェコスロヴァキアに対する不当極まる軍事侵略を厳しく批判したのでした。

その時、ソ連代表団は、コソコソと、金子さんの演壇下を肩をすくめるようにして退場していったのでした。それは、強烈な印象として残っている光景です。金子さんは自主独立のまがうことなき道理で、ソ連の大国主義の誤まりを批判したのでした。

会議の早く終わった日、私は成田さんと一緒に、ナイル河にかかっている長い長いアル・タハリールの橋を渡って、中洲のなかにあるカイロ・タワーにのぼってみました。高さ百メートルの展望台から眺めたナイル河と、その両岸に拡がったカイロ市街の光景は実に素晴らしいものでした。

私は、ホテルの食べなれない食事に閉口し、もっぱらホテルのボーイに「マイヤ（水）！」を要求し、乾いたノドをうるおしました。それはもちろんナイル川の水でした。成田さんも食事は一緒でしたから、その私の食事作法はよく見ていたのです。

「ナイル河の水を飲んだものはナイルに還る」という言葉は井出さんから聞いていたのでしたが、成田さんもその言葉を私に向けて言うように繰返しました。

金子満広さんも、井出さんも、成田さんもすでに故人となりました。三人はもちろん、私と同じように、ナイルの水をたくさん飲んだので、ナイルに還ったのだろうか、と夢物語のように思う時があります。しかし、私は、三人とも、日本の土に還ったのだと思います。ナイルの水をふんだんに飲んだ私も、ナイルには帰らず川に還るなら故郷信濃の千曲川がいいなと思っています。

私の郷里に近い松代町に生まれたフランス文学者で詩人の大島博光に、「千曲川へおくる歌」という詩があります。その第一節をあげてみます。

友よ　友よ　わたしが死んだら
灰になった　わたしのひとつまみを
わがふるさとの　赤坂橋の上から
千曲川の流れに　まき散らしてくれ

カイロでの会議が終わったのち、金子さんと井出さんはすぐ日本に帰ってゆきましたが、私はカイロ博物館をどうしても観たかったので、二日あとに帰ることにしました。私には一つの目的がありました。それは、故郷信州の安曇野に生まれた日本の近代彫刻を切り拓いた、荻原碌山（おぎわらろくざん）が、明治の末年にフランスからの帰国の際、このカイロ博物館を訪れ、「村長の像」や「書記像」のもつプリミティヴな力に非常に感動し、日本に帰国後に作った作品が、啄木に大きな感動を与えた話を、美術評論家の林文雄さんから聞いていたので、ぜひその二つの古代彫刻を見たいものだと思っていたのでした。

当時は、一九六七年六月に起った、いわゆる第三次中東戦争で、アラブはわずか五日間でイスラエルに敗れ、スエズ運河のあたりまで、広大な領土をイスラエルに占領された直後でした。スエズ運河も閉鎖され、中東の情勢は、アラブ連合にとってきわめて　多難なものでした。カイロでの国際会議の最中も、停戦以来最大といわれる砲撃戦が行われていました。カイロの街は緊張に包まれており、博物館の入り口には土のうの爆風よけが積み上げられていました。

私はこんな状況の中で、四時間ほどエジプトの古代彫刻を見て廻りました。主要な作品のまわりには土のうが、腰くらいの高さまで積み上げられており、重要な作品は戦争前に疎開したという話でした。

私は、ツタンカーメンの、けんらんとした黄金のマスクより、労働を取材した小さな彫刻を見て廻りました。

碌山が「パン捏ね女」と呼んだ「粉をひく女」は、片隅のガラス戸の中にありました。

いくつかの部屋をまわって、約五千年前の作といわれる「村長の像」も見ることができました。それは、エジプト古王国時代の一メートルほどの木彫でした。じっと見ていると、大仏に会っているような錯覚になりました。これが荻原碌山が感じとったプリミティヴなエネルギーをもった彫刻でした。その前で、私は碌山を想い、啄木を思ったことが、忘れられない記憶となっています。

金子さん、井出さんに二日おくれて、私は成田さんに見送られ、日本に帰る飛行機に乗りました。私の乗った飛行機が、南ベトナム上空を通った時の感動は今も忘れられないものとなっています。高度一万メートルの上空からベトナムの海岸線が輝きながらはっきりと見えました。私は、カイロで、日本代表団が南ベトナム解放民族戦線代表部に招かれた夜のことを思い出していました。代表部はギゼーのピラミッドにゆく途中にあった。北ベトナム代表団も来ており、応接間には大きなベトナムの地図が貼ってあって、ベトナムの南と北を分けるベンハイ河のあたりをさして、南ベトナム代表団長のグェン・フー・ソアイさんが、

「どちらも祖国です」

と静かに言った言葉が、今でも忘れられません。

南北ベトナム人民が、アメリカ帝国主義をインドシナ半島から追い払い、南北ベトナムが統一した「祖国」を実現したのは一九七六年でした。


思えば、カイロで開かれた会議は五十五年も昔のことでした。

この会議で出会った南北ベトナムの代表の人たちも今は世を去ったと思います。

その人たちが還ったのは、私が一万メートルの上空から見た、はるかなベンハイ河だったかもしれない、と今も思ったりすることがあります。


（二〇二三年二月十一日）

忘れ得ぬ二人の歌人

宮　柊二さんのこと

ゆらゆらと心恐れていくたびか憲法九条読む病む妻の側(わき)

憲法九条を詠んだ数ある歌の中で、宮柊二のこの歌は忘れることは出来ません。それは、歌がすぐれていることとも係わりますが、宮柊二について、強く印象に残ることが二つあるからです。

その一つは、宮柊二とはじめて会った時のことです。それは、一九六四年七月はじめに、渡辺順三が肺気腫が悪化して、約三か月、久我山病院に入院したことがありました。夏の暑い盛りに、私は病院に順三の見舞いにいった時、順三が、「今日、宮君が見舞いにきてくれるんだよ」と嬉しそうに言いました。まもなく宮柊二は三鷹の自宅から自転車でやって来ました。順三はベッドでニコニコして迎えました。その時、順三は何と言って私を宮柊二に紹介してくれたか、全く記憶にありません。私は順三のベッドの傍らに、丸い木の腰掛けを引きよせて、二人の話を聞く形になりました。

二人の話題の一つは、九州柳川の北原白秋の生家が、負債のため、とりこわされようとしていることが、マスコミでも報じられ、白秋門下生たちが、生家を残すために立ち上ったというような話でした。このとき、私は宮柊二とどんな話をしたかも、全く記憶がありません。順三と宮柊二が、顔を寄せるようにして、柳川の白秋実家について語り合っている姿だけが印象として残っています。

もう一回、私は宮柊二さんと出会っています。それは、一九六〇年代の末に、江口渙さんの歌集『わけしいのちの歌』の出版記念会のような、励ます会のようなものが開かれた時のことです。市ヶ谷の私学会館に、宮本顕治さん、蔵原惟人さん、大宅壮一夫妻、それに宮柊二さんなどが見えていました。

その時の宮柊二さんが、『わけしいのちの歌』の読後感で、涙がとまらず、倉の中で読んだと語ったことが、私に強い衝撃として残されたのでした。宮柊二さんは、その事をいかにも大事そうに語ったのでした。その時私は、宮柊二さんの、『わけしいのちの歌』の読み方に感動し、宮さんの感性の鋭さ、豊かさについて、深く心を動かされました。

宮さんは短歌雑誌『コスモス』を主宰し、すぐれた戦後の歌人を数多く門下から世に送り出しました。

宮さんは、一九八六年十二月十一日に七十四歳で亡くなりました。

　私は組合活動に主力をおいて活動してきたこともあって、歌壇の人たちとのつき合いは、きわめて少ないものでした。そうしたなかにあって、宮柊二さんと次に述べることになる近藤芳美さんには、何か特別な感情を抱かされてきました。宮さんが亡くなった時、私は『新日本歌人』（一九八七年四月号）に追悼文を書きましたが、その内容は、久我山病院でのこと、江口渙さんの『わけしいのちの歌』を、倉の中で涙を流しながら読んだということに述べた記憶の物語でした。
「落ち穂ひろい」のような記憶を書いていると、いろんな人が落ち穂のような表情をして、私の感情をゆすります。

（二〇二三年一月十一日）

近藤芳美さんのこと―

短歌雑誌『未来』を主宰していた、近藤芳美さんと、特別に知り合っていたことはありませんが、鮮明な記憶一つと、やや薄らいできている記憶とがあります。鮮明な記憶のほうが古くて、薄らいできている記憶の方が時間が新しいという逆になっている落ち穂を拾おうというわけです。

それは、忘れもしない、一九七二年二月二十九日の、渡辺順三の葬儀の日のことでした。葬儀場は順三の自宅に近い、下北沢駅の踏切りの反対側にあった北沢式典センターでした。

葬儀がつつがなく終り、進行役だった私は、ホットした思いで会場を出て、踏切りの上にさしかかった時、息を切らすように急いで来たらしい近藤芳美さんと出会ったのでした。

「終わりましたか――」

「いま、終わったところです」

「そうですか――」

線路上の短い会話で、近藤芳美さんは、引き返そうとはせず、葬儀場に向かっていそがしく踏切りを越してゆきました。近藤芳美さんは、「朝日新聞」の選者などをしており、そのプロフィールはよく知られていましたから、私は近藤芳美さんに旧知のような気分で返事をしました。近藤さんは、葬儀帰りの一人として私にそう尋ねたのでした。

葬儀の終わった会場についての近藤芳美さんのことについては、誰一人として伝えてくれた人は居ませんでした。

あわただしく踏切を渡っていった長身の近藤芳美さんが、肩を落としたようにまた踏切を戻ってくる姿は、今も私だけがもっている、その時のイメージです。

それから何年後だったか、東北の地方で、啄木祭をすることになり、その主催者から、近藤芳美さんに記念講演をしてくれるよう頼んでくれないか、という依頼がきました。

たしか、歌人後援会の事務局会議のあった日で、会議後、事務局員であった立和名美智子さんに同行してもらい、近藤芳美さんの自宅を訪ねました。私はもっていた「日本共産党歌人後援会・事務局長」の名刺を出した所、近藤芳美さんは、二つ返事で承知してくれました。

「共産党からの頼みじゃ、いかなきゃならないね」といったようなことを一人ごとのようにつぶやいていました。私の名刺を誤解して読んだのだと思いました。近藤芳美さんの畳の居間の壁ぎわに、『世界美術全集』が嵩高(かさだか)に置いてあり、ゴッホの背文字が印象に残っています。

啄木祭での近藤芳美さんの記念講演は、大変好評だった、と地元から知らせてきたので、内容は全く忘れましたが、ホッとした安堵感があったことを覚えています。

私に同行してくれた立和名美智子さんは、都立高校の名門、戸山高校の出身で、政治学者の渡辺治さんと同期生だったと聞かされたこともありました。第一歌集『花野』は、佐々木妙二の序文で、新日本歌人叢書として、一九七九年六月に出ていますが、私たちの近藤芳美訪問は八〇年代に入ってのことか七〇年代の前半なのかはっきりしません。私の近藤芳美さんにかかわる記憶は、あの下北沢の踏切りでの、強い印象として残る寸劇のような出会いであり、近藤芳美さんの居室の壁に積まれていた『世界美術全集』の中のゴッホの文字でした。

立和名美智子さんは、八〇年代に入って若くして世を去りました。私の歌集『日本の党』の中に追悼歌五首があります。その一首をかかげます。

もはやゆるがぬ一座の星に加わるか四月十五日花すぎし夜

（二〇二三年一月二十四日）

岡本文弥師匠のこと

岡本文弥さんは、日本共産党文化後援会の代表世話人を長くされていましたが、一九九六年十月六日に、百一歳で代々木病院で亡くなられました。亡くなる前日に、病院のベッドの上で書かれた絶筆のコピーが、私の手許に残っています。

ありがと
　ありがとうのほか
いうことなく

モウ　コレ　ナシ
ダメダメ
コレハ
ブンヤ

半紙ほどの紙に、サインペンでこのように散らし書きされたものです。

この遺書は、一回では判じ切れないほどの筆のつながりがわかりにくいもので、サインペンがうまくすべらなかったり、二重がきになったり、筆順がうまくつながらずに乱れたりしているものの、必死で書いた気配がそのまま伝わってくるようで、厳粛な思いにさせられました。

文弥さんの葬儀は、谷中の自宅のすぐ前にある妙福寺で行なわれました。

柩の中の文弥さんの顔は、この世の中のすべてを洗い落したように真白く、お

だやかで、安心し切った様に澄み透っていました。私はかつて、こんなきれいな死顔は見た事がありませんでした。私は思わず、

「こんなきれいな死顔なら、死んでもいいね」

と私のあとに続いていた、同じ文化後援会の音楽後援会のTさんに呟きました。Tさんは三味線奏者の女性です。私の呟きを聞き止めてキッとした表情で、

「そんな事、言うもんじゃありません」

とたしなめられました。十月九日に行なわれた葬儀のことを歌った五首の歌が、私の第十歌集『指呼の世紀』の中に収めています。その中から二首。

芸の奥に百一歳が今は眠る「ぶんや　アリラン」の胸におく日本の菊

「こんな言葉かなしいわ」と一門の友は言う愛(かな)しい言葉は残して死にたい

Tさんにたしなめながらも、私は死という問題を考える時、きまって岡本文弥さんの柩の中の顔と、私をたしなめたTさんの言葉を思い出します。

岡本文弥さんは、はるか戦前から、進歩的な新内の師匠でした。新内とは「浄瑠璃の一流派。遠祖は宮古路豊後掾(ぶんごのじょう)門下の富士松薩摩掾(さつまのじょう)」と『広辞苑』にありました。古典芸能の一つです。

私は、文弥さんの生前に一回だけ、文化後援会の用で、音楽後援会の事務局のTさんと一緒に文弥さんの自宅を訪れたことがあります。季節はいつ頃か忘れてしまいましたが、置火鉢をはさんで、門下生でもあるTさんと二人の話の盛り上るのを聞いたことを思い出しました。文弥さんが、もうすぐに百歳になる前後だったような気がします。

岡本文弥さんは、はるか戦前から反戦平和の進歩的な新内の師匠でした。文弥さんの著書に『赤い新内まんじゅしゃげ』(大月書店、一九九三年五月)があります。

その中に、フランスの作家レマルクの第一次世界大戦を題材とした長篇反戦小説『西部戦線異状なし』を、新内の語り物とした『左翼新内　岡本文弥公演』が収められていました。一九三〇年一〇月二四～二五日に、読売講堂で上演された作品です。書き出しはこうです。

〽毒ガスも、いつかあとなく吹き流され、死骸の山のその中に、まだ死にきらぬ負傷者が、妻の名を呼び、母を呼び、国をののしる呻き声。

文弥師匠はこの時三十五歳でした。その体全体にこもらせている新内のリズムは、日本の古典文字の七・五調、五・七調を駆使して、一見なめらかですが、そこにこもる思想は痛切であり、反戦、平和の思想を高だかと、言(こと)あげしているのでした。原本表記のまま引用します。

〽われとわが手で戦友まで撃たねばならぬいまとなり、つくづく思ふ世の中に、神も佛もあるも／のか。あるは貧富の二つだけ。しぼり取る奴、し／ぼられて細々生きる俺たちは、わけのわからぬ戦争に、／駆りたてられて死んでゆく。無産の民のみじめさよと、／怒りに震える折からに。

新内部分に続けて、文弥師匠の語り物が続くのです。現在のロシアのウクライナ侵略戦争における、ロシア兵の心情を語っているかと思わせるようです。文弥師匠の語りものの一部分を引用します。

「おい、俺は、決して君を殺そうとは思っていなかったんだ。ただ敵という恐れ、俺は、その恐ろしさを刺したのだ。（中略）どうぞ許してくれ。今日は他人(ひと)の身、明日はわが身だ。もし幸い俺が助かったら、俺は、この二人をぶちくだいたものにたいして闘おう。それは、君の命を奪ったものだ。それから俺の命を奪おうとしているものだ。戦友、俺は君に約束する。

戦争は二度とふたたびあってはならない。」

文弥師匠が、その新内の語り物にこめ続けたものの真髄は、この「戦争は二度とふたたびあってはならぬ」という事であったと思います。

いま、世界も日本も、戦争と平和の、かつてない危機のまっただ中におかれている時、この文弥師匠の言葉には、新内という古典的な民衆芸術の世界から、今も息を吹き返して来ていることを痛感します。

私がかつて、文弥師匠の葬儀の日、柩(ひつぎ)の中に見た忘れがたい死者の面影は、百一歳の生涯をかけて、戦争反対、平和こそ至上(しじょう)とした文弥師匠の満ち足りた精神の輝きではなかったか、と思い返しています。

(二〇二三年二月二十七日)

諏訪の高島小学校

島崎藤村は、『夜明け前』を「木曽路はすべて山の中である」という言葉で書き出しています。しかし、木曽路に限らず、長野県はいたるところ山国です。この山国は、四つの盆地が、山やまに囲まれて、孤立したよう雰囲気をもって存在しています。松本、伊那、佐久、善光寺です。地元では、盆地といわず、松本平、伊那平などと呼びならわしてきています。

その平の一つ松本平は、安曇野をかかえ、諏訪湖をもった一帯ですが、せまく区切って諏訪地方ともいいます。この地方にある高島小学校は、この地域でもっとも大きく古い学校です。

歌人の島木赤彦は、一八九八（明治三十一）年に長野師範学校を卒業します。同期生に、のちに『潮音』を創刊する太田水穂がいて、二人は歌人としても親密で、共著の歌集『山上湖上』を刊行したりします。赤彦の歩んだ『アララギ』と、水穂の歩んだ『潮音』とは、全くその歌風を異にし、近代短歌史では、異なる発展を遂げていきます。

上諏訪町に生まれた土田耕平が、高島小学校に入学した時、島木赤彦は、この小学校の教員でした。やがて土田耕平は、赤彦に私淑し、赤彦の愛弟子となります。

土田耕平はのち、肺結核となり、長い療養生活を強いられますが、赤彦は歌人としての土田耕平をわが歌風を継ぐものとし、深く期待しますが、土田耕平は、一九四〇（昭和十五）年、四十五歳で世を去ります。

おしなべて光る若葉となりにけり島山かげに居啼く鶯

土田耕平のこの代表歌の一首は、第一歌集『青杉』（一九二二年刊）所収のものです。『青杉』は、病気療養のために住んだ伊豆大島時代の歌をまとめたものです。澄み透った繊細な写生歌を特徴としました。四十五歳で早逝したこの歌人の影響は、後続の郷土の青年教師たちにも少なからぬ影響をあたえました。私はそのごく一端を『一九三〇年代の教育労働運動とその歌人たち』（二〇〇〇年、本の泉社）の中で書いたことがあります。

伊藤千代子が、この高島小学校で、二年間代用教員をしたことがあります。土田耕平の学んだ時代より、ずっと後のことで、土屋文明が校長をしていた、諏訪女学校を千代子が優等で卒業した十七歳の年からの二年間でした。この時期は、藤田廣登さんの著書『時代の証言者　伊藤千代子』によれば、「小学校時代の恩師川上茂との恋愛とその挫折」（二〇四頁）の中にあり、「心の傷」を背負いこみながら、「一途な千代子が人一倍苦しんだのは想像にあまりある」と書かれている時代でした。

しかし、伊藤千代子は、この人生途上の深刻な体験も克服し、進むべき道をさらに明らかにつかもうとして、二年間の代用教員生活を切り上げ、仙台の尚絅女学校へ入学し、さらに翌年、二〇歳の時、目指して来た東京女子大学英語専攻部に編入学します。千代子は、

「止むことのないような動きの時代が私たちにもやってきている」（前掲藤田、二七頁）と時代をとらえていたのでした。

伊藤千代子は、こうして、「高き世をただ目ざす處女らこゝにみれば、伊藤千代子がことぞかなしき」と土屋文明の絶唱した伊藤千代子は最後の時代に入っていったのでした。

伊藤千代子が、高島小学校で代用教員をしていた時（一九二二年〜二三年）から、一時代ともいうべき約十年後の一九三〇年代は、日本も長野県も、世界恐慌のあおりを受けて、深刻な経済状況の中におとし込まれていました。生活を守るための社会運動、労働運動が日本各地で火の手をあげていきました。とりわけ、小学校教育を担う若い教師たちの悩みは深刻でした。学校を止めて子守に出される子、弁当も持ってこれない子、果は娘の人身売買まで起きました。どうすればいいのか、何をどう教えたらいいのか、子どもや親の生活を守り、教師の生活も守るにはどうしたらいいのか「若く、まじめで、教育熱心な教師」（前掲藤田）ほど、その悩みは深いものでした。

一九三〇年十一月、日本ではじめての教師の組合、日本教育労働者組合（略称「教労」）が結成されました。もちろん治安維持法では組合は認められていませんでしたから、非合法組織ということになります。合法面での教育研究機関としての新興教育研究所（略称・「新教」）は「教労」よりも三ヶ月早く一九三〇年八月に創立されており、九月には機関誌『新興教育』が創刊されていきました。

「教労」の組織拡大と、「新教」の読者拡大は一体のものとして進められました。長野県における「教労」組織は、急速に拡大強化され、全国的にも先進的位置にありました。

長野県の「教労」運動は、諏訪地区と、伊那地区が、めざましい活動を続けました。諏訪地区の拠点校は二つありました。一つは永明小学校であり、もう一つが、伊藤千代子が代用教員をしていた高島小学校でした。

長野県の「教労」運動のリーダーであり、責任者であった藤原晃（あきら）さんは、最初永明小学校に勤務していましたが、その活動を教育行政組織からニラまれ、高島小学校にトバされます。藤原さんは高島小学校でも懸命に活動し「教労」運動を発展させせました。

「二・四事件」と現在よばれている「事件」は、長野県の「教労」運動への、権力による大弾圧事件でした。それは一九三三年二月四日に起こされました。六百人に及ぶ教師たちが取調べを受け、百三十八人が検挙され、起訴されたもの二十八人、投獄者十三人、行政処分は百十五人に及びました（二・四事件記録刊行委員会編『抵抗の歴史』による）。

支配権力は、この事件を「教育赤化事件」と書き立て、以後、「教労」「新教」運動を根こそぎ弾圧するために狂奔しながら、十五年戦争への国民思想を一本化するファッショ的な思想統制を強めてゆきました。

前掲書の治安警察側の資料「思想事犯検挙教員名簿」によれば諏訪郡の永明小

学校は十三名があげられており、これに次ぐのは、上伊那郡の中箕輪小学校の伊那富小学校の七名、次が高島小学校の五名などとなっています。

当局側の資料には、当然誤まりも含んでいると思われますが、少なくともこの「名簿」で見る限り、いくつかの拠点校を中心に、全県的にひろがっていることがわかります。高島小学校も、そうした「教労」運動の大事な拠点校の一つだったと思います。しかし、土屋文明が歌った伊藤千代子は、五年後におこった「二・四事件」について、自分がかつて代用教員をしていた高島小学校が、「二・四事件」の一つの拠点校であったとは、知るよしもなかった事です。千代子はすでにその時、生きてはいなかったからです。

長野県の「二・四事件」で、当局から拠点校と見なされていた諏訪永明小学校に、のちに長野県教育労働組合（「教労」）の責任者となった、藤原晃さんが赴任したのは、一九二八年です。私の生まれはこの年です。藤原さんは、「二・四事件」

の起る一年前、一九三二年三月まで五年間、永明小学校で教壇に立っていました。三二年の二月に教労長野支部を結成し、のち書記長となりました。藤原さんのこうした活動を嗅ぎつけた当局は、四月に強制的に藤原さんを高島小学校に配転しました。

藤原さんは、「二・四事件」では、懲役三年の実刑判決をうけ服役、一九三六年に満期出獄をしました。

私が、藤原晃さんと知るようになったのは戦後のことです。藤原さんの実家が、長野県麻績村にあり、私が麻績の山の中に小さな山荘を持った縁によります。

一九九二年の晩秋のある日、当時私が編集責任者をしていた『ほんりゅう』という月刊誌のインタビューのため、藤原さんをはじめて訪れました。当時、労働戦線の右翼的偏向が強まっていた時期で、教職員組合運動の中にも右傾化の流れが出てきていました。そうした中で、階級的、民主的な労働戦線統一のために『ほんりゅう』が月刊誌として創刊されていったのです。

私が藤原さんのインタビューで、一番聞きたかったのは、藤原さんが高島小学校に移って、もしかしたら伊藤千代子の事など知ってはいなかったか、ということです。しかし、藤原さんは、伊藤千代子については、まったく知りませんでした。私が期待したのは、高島小学校の歴史に何か書かれていて、藤原さんが、目ざとくそれを見つけていなかっただろうか、というあらぬ勝手な、空想的期待からでした。しかし、よくよく考えれば、これは無理な私の願望だったと、あとで反省しました。

しかし八十六歳の藤原さんは、熱心に教育実践の具体的内容について語ってくれました。今でも忘れられないのは「三つのリンゴ」の話です。「三つのリンゴ」とは、一つはアダムとイブの禁断の実としてのリンゴ、二つめは、ニュートンの万有引力のリンゴ、三つめはスイス人民戦線——共和国設立のきっかけとなった、ウィリアム・テルの弓の的となったリンゴのことを指します。一つのリンゴでも多面的、全面的に見ることが大事だという教えなのでした。

こうして考えてくると、長野県の諏訪地方にある古い小学校である高島小学校にまつわる話は、単に長野県の一地方の小学校の背負った物語ではなく、日本の近代のもっとも困難な時期にかかわっていた一時代の、多くの人びとの姿を浮き上らせてくる事を感じます。それは枯れがれとした落ち穂ではなく、いまも生まなましく近代の逆流とたたかう道をひらいた人たちの姿と息づかいを残しているような気がします。

つまり、これこそが歴史とか伝統とかいうものの姿なのではないか、とつくづく思っています。

本稿の最初に、アララギ派の歌人土田耕平のことを少し書きました。土田耕平が大正期を飾った歌集『青杉』の中に、母校を歌った次の一首があります。

むかし見し高島校を今見れば木垂るさくらも年古りにけり

土田耕平のこの歌を刻んだ歌碑が、高島小学校の校庭に建てられたのは、戦後の一九五五（昭和三十）年の一月でした。歌碑はすでに七十年を経たことになりますから、高島小学校のさまざまの歴史を承知した表情で立っているのではないか、などと想像したりします。

韮生（にらふ）の山峡

——吉井勇の渓鬼荘——

書棚を整理していたら、古いノートに書きっぱなしのいかにも文学的な感じをもった表題のような原稿が出てきました。現職の頃だったので、はっきりはしませんが、半世紀近くも前の頃かと思います。「韮生」とは、地名で、土佐の物部川上流あたりです。阿波境に近い所の山峡に猪野沢温泉があります。土讃線の土佐山田駅からバスで五十分ほど物部川をさかのぼった所です。ここに、石川啄木の友人でもあった吉井勇が、晩年に渓鬼荘と名づけた庵（いおり）で過したのでした。私の「韮生の山峡」は、そこでのある年、ある日の記録でした。私は今までその文章をほとんど忘れていました。

遠い日の落ち穂をそのままの文体でひろうということになります。


――一九七四年六月十七日、私は高知私学教祖の第七回大会と、学芸高校の内田先生の解雇問題の対策会議を終って、予定した二日間の日程の一日分程が浮いたので、土佐山田駅から雨の中をバスに乗った。吉井勇の渓鬼荘を訪うためであり、その夜はそこの猪野沢温泉に泊る予定であった。バスは物部川を五十分ほどさかのぼる。タバコ畑やフキ畑が窓の外に点在していく。

物部川は、四国の屋根である剣山の西、白髪山（一七七〇ｍ）から流れ出して、六十㎞を流れ土佐湾にそそぐのである。

バスの終点の大栃におりて、私はタクシーを拾った。物部川をやや下るのである。

猪野沢温泉は、高知県香美郡香北町猪野々（元香美郡御在所村猪野々）という所にある。猪野沢というのは、どうやら吉井勇が頭の中で、そんな云い方をしたらしい。土佐山田からの位置でいえば、物部川に沿って二十㎞ほどさかのぼって、永瀬ダムのすぐ下、川の北岸という事になるのである。タクシーの窓から、このダムが見える。ダムは全然放流していないので下流は乾いている。五年八か月と四十億円を費してできた多目的ダムである。タクシーが山際の道からややそれて左の沢を少し下ると、そこに猪野沢温泉の依水荘（これも吉井勇の命名のようである）がある。ひっそりとして、旅館とも思われないようなたたずまいである。玄関の左手に、歌碑があった。タクシーをおりて玄関に飛び込んだ。中老の婦人がカサをさして出迎えに出ようとしていた。宿の予約は、駅前の観光案内所から電話しておいたので助かった。

「いくらのにしましょうか——」

「いくらぐらいですか？」

「二千五百円から五千円ぐらいあります。」

「それでは三千円ぐらいで――」

私は、要するに仕事（「赤旗」の選歌）が出来ればよいと思った。二階の部屋に通された。腰高の位置に、窓が二方向にはまっていた。窓の外は雨で、谷の向うは山だった。山の中腹のある道路を時々車が通っていく――。

私は、昔の若い日に書いた、表題だけは文学的だが、観光案内のような文章に呆れながら、ノートを写すのを一休みしました。この時から、私は十数年ほどの間に、何回か猪野沢温泉を訪れたことがありました。その時どきに『きけわだつみのこえ』の木村久夫のことや、東大教授の五十嵐顕さんの木村久夫についての研究などが話題となったのでした。

「あれは渓鬼荘ですか？」

「そうでございます。あそこにも泊れるようになっています。」

私は、そのことは知らなかった。そして恥ずかし気もなく
「いくらですか？──」

と聞いた。

「五千円ですが──」

「ああ、そうですか」

と答えたあとで、つまらない事を聞いてしまったと思った。五千円では、私には少し高すぎるのである。しかし、泊って見たいような気がしないでもなかった（この願望が実現したのは、何年か後です）。

私は光景の乏しい、午後の雨の中の渓鬼荘の写真を何枚か撮った。

部屋の入口に本が置いてあった。吉井勇のもので五百円だと言う。早速注文すると中老の婦人は、この依水荘主人と勇との交友を示す、たくさんのスクラップを持って来て見せてくれた。渓鬼荘のことなどたずね、また机の上に原稿用紙などを拡げていたので、宿の婦人は、私を短歌の関係者と見たようだ。私は置いて

いかれたスクラップを見たり、「赤旗」や『文化評論』の選歌をしたり、かなり気ままに、午後二時頃から夕方まで過した。風呂は新しい桧の香がした。それは私にとって、なつかしい故郷の匂いであった。湯は硫化水素の鉱泉をわかしたものという。なめらかな湯ざわりであった。

湯殿には、タイルばりの大きな風呂もあるが、この木の風呂は、泊り客の少ない時に用いるのであるらしい。窓の外には、竹やカシ、ツバキなどがびっしりと植えており、湯ぶねは、その緑の中に浮いているような感じであった。私はきれいな湯と、木の香りを存分に楽しみながら部屋に戻った。

夕食は、全くの山菜料理であった。私のあまり好きでないものもあったが、老婦人は最後までそばに坐っていて、いろいろ話し相手になっていたので、私は全部を平げた。

その夜、ひどい雨だった。たえず停電があった。今まで顔を見せなかった宿の主人が、大きなローソクをもって、インギンに部屋に入って来た。そのついでに苗代田に向いた窓の網戸をはずして、雨戸をたてていった。

口数の少ない、しかし実直そうな好人物である。

夜の七時半から九時半ごろまで、停電は七回あった。九時すぎに、宿の主人が、ローソクと懐中電灯をもって来た。私はローソクの光をともして、短歌の選の仕事をした。停電はその後も二回あった。十時すぎから雨は風に変った。間遠くなったものの停電は、その後も何回かあった。

その夜私は十一時頃まで仕事をして寝た。湯ざわりのように、なめらかなねむりであった。夕食の時、箸袋の裏に、吉井勇の二首の短歌が印刷してあったのを見つけた。

大土佐の猪野沢の湯を浴むほどに心も深く澄みにけるかも

ひと夜寝てあした目覚めのすがしさや物部の渓を雲湧きのぼる

吉井勇について少し書きたいと思います。

十九歳で『新詩社』の同人となった吉井勇は、二十三歳のとき、啄木や平野万里とともに『スバル』の編集をしました。北原白秋、木下杢太郎などと「パンの会」を創設したりしました。耽美的、頽廃的な歌人でした。

かにかくに祇園はこひし寝（ね）るときも枕の下を水の流るる

吉井勇のこの著名な一首は、若き日の耽美的な気配を濃厚に発散しています。また、若い気負いを歌った次のような作品もあります。

君がたの瀟湘（しょうしょう）湖南の少女らはわれと遊ばずなりにけるかな

二首いずれも、多情な青春彷徨の第一歌集『酒ほがひ』の中のものです。一九二六（大正十五）年、没落してまさに斜陽の「伯爵」家をつぎました。のちに、啄木をはじめ仲の良かった友人達は、吉井勇のことを親しみをこめて「伯爵家のドラ息子」などと云いました。

吉井勇が、はじめて土佐を訪れたのは、一九三一（昭和六）年でした。この頃の吉井勇は、若き日の放蕩無頼から脱し、どう生きるかを真剣に模索しはじめていました。「流離のおもひに骨も痩せける」と歌ってます。吉井勇は、空が明るく風光明媚（めいび）な土佐の自然に心をとらえられ、二年後の昭和八年八月に二度目の土佐行きのおり、猪野も訪れました。

旅のうれひいよいよ深くなるままに土佐の韮生の山峡に来ぬ

吉井勇は、昭和九年十一月から昭和十二年十月まで、足かけ四年、湯野沢温泉の渓鬼荘に滞在したのでした。のちにふれたいと思いますが、『きけわだつみのこえ』の最後に登場する、無実の罪で死刑となった京大出身の学徒兵木村久夫が、旧制高知高校の時代に、吉井勇に傾倒し、渓鬼荘で幾十泊もすごした事を湯野沢温泉の依水荘で聞いたのは、何年か後の、何回目かの湯野沢温泉に宿泊した折でした。

物部川山のはざまの風さむみ精霊蜻蛉（しょうりょうとんぼ）飛びて日暮るる
寂しければ御在所山の山桜咲く日もいとど待たれぬるかな

吉井勇は、土佐の渓鬼荘に住みはじめた前年に妻と別れ、爵位も返上しました。前掲二首の歌などよむと、吉井勇の心に、もしかしたら西行が住んでいたか、などと思われてきます。

私が吉井勇に関心をもったのは、かつての「伯爵家のドラ息子」とそしられた吉井勇の真の人間回復のたたかい――土佐にはじまる――に強くひかれたからです。それがどんなに真実であったかは、戦後ノーベル賞を受賞した湯川秀樹博士などと、京都での心を通わせての交友などを知れば明らかなことと思います。

『明星』時代の吉井勇は、啄木が好きで、自分の住所を、啄木の住む本郷区弓町に移したほどです。啄木は、当時の吉井勇を厳しく批判し、それを土台として、

『明星』浪漫主義を克服していくための一転機ともなったように思います。

吉井勇の土佐時代を知らずに死んだ啄木でしたが、もし生きて、その時代を知ったとすれば、啄木は何と言うだろうか、とときどき空想します。負け惜しみの強い啄木は、「生きている限り、人間は変るのは当り前だよ」とでも云ったにちがいありません。

私の古いノートに、吉井勇の「私の履歴書」という文章の一節が書かれていました。この頃の私は、出典などは、全く気にせず、必要な文章だけをメモするという態度でした。したがって、吉井勇の「私の履歴書」なるものが、いかなる著書よりのものかについては、検証することができません。それは、どうも渓鬼荘時代ではないが、と今の私には思えます。

「身から出たさびとはいえ、こんな生活をしなければならなくなった自分の身の上を考えたりして時を過した。いわば草盧の炉端の人生修業、そうやっている間でも、やがてはどうにか昔の友達に、会っても恥しくないような仕事をしたいということを片時も忘れたことはなかった。」

もう一つ、「昭和九年『若草』十月号」とした「韮生の山峡より」とした吉井勇のエッセイの抜き書きがありました。私の「落ち穂ひろい」という思いつきの表題も、これの横すべりだったか、と今にして思ったりします。

「物部川の深い渓谷を下瞰してゐると、魚簗が堰のやうに張られてからは、下ってゆく筏の数も少くなり、両岸にはこの四五日めっきり彼岸花の赤いのが目立つやうになって来た。」

これは吉井勇が渓鬼荘に住みはじめた頃のものであろうと思います。自然描写の落着きは、そのまま筆者の心の姿のように思えます。韮生の山峡の渓鬼荘は、吉井勇の人生にとって、重要な転機となったのではないか、と想像したりします。

一九九七年の十月下旬、私は京都のかもがわ出版の仕事――『無党派＋(プラス)日本共産党の時代』――を書くために、前後四回、のべ十五日間にわたって、高知県下を取材してまわった事があります。この時、猪野沢温泉の依水荘に、今戸顕さんと今戸道子さんのお二人を訪れ、多くの話をうかがいました。

主題の政治の話よりも、私には吉井勇や、無実の罪で、戦犯として戦後の一九四六年五月二十二日に、シンガポールのチャンギー刑務所で死刑となった二十八歳の木村久夫の話が深く心を打ちました。今戸顕さんは小学生のころ、当時旧制高知高校生であった木村久夫がくると、よく遊んでもらったりして可愛がられたといいます。顕さんは優しかった「木村のお兄ちゃん」を忘れることができず、一九九五年木村久夫の五十回忌に、歌碑を建立したといいます。吉井勇の歌碑と並んで依水荘に入る左側に建てられました。木村久夫の遺書の中の左の一首です。

音もなく我より去りしものなれど書きて偲びぬ明日という字を

木村久夫の歌碑ができた同じ年に。東大名誉教授の五十嵐顕さんが急逝されました。五十嵐さんは、すぐれた研究者でありながら、詩人であり、啄木の愛好家でもありました。一九九六年に遺書『「わだつみのこえ」を聴く――戦争責任と人間の罪との間』(青木書店)が出版されました。五十嵐さんは、戦後学徒の手記に分け入って、今を生きる人間が深めるべき問題を明らかにしようとしていました。とりわけ、木村久夫の遺書の含む重要な意味を克明に追ったものでした。五十嵐さんは、木村久夫の遺書の中での日本の侵略戦争について「全日本国民の遠い責任」について、思索を深めたものでした。木村久夫のこの指摘は、「戦没学生の手記としては唯一」と五十嵐顕さんは高く評価したものです。

私はこの「韮生の山峡」を書きながら、さまざまな人の交錯した「韮生の山峡」

を、今さらながら緊張した思いでふりかえりました。ここには、単純な思い出話どころではない、今日的、現在的な問題がずっしりと浮かんでくることを感じました。

啄木とユーラシア

プーシキンへのまなざし

書棚の奥で拾った、まさに落ち穂ひろいの本領のようなこの一文は、どこかへ発表する心づもりで書いたものだろうと思いますが、長い間忘れていたものでした。二百字の原稿用紙で四十枚ていどありますから、かなり気を入れて書いたものだと思います。「啄木とユーラシア」という表題は、今まで私の書いて来た啄木捕と視点がちがっていました。啄木のナショナリズムを追った評価とかかわる部分かと思いますが、あまり気に入らなかったので、この部分は、はずして、忘れていたのかも知れません。

いまこうして見つけ出し、つくづくと眺めながら捨てるにしのびず、エッセイ風に書き直して、落ち穂ひろいのような記憶の中に加えようと思ったものです。拾った落ち穂は、もう役立たないものだったかどうか――。本文に入ります。

啄木全集を見る限り、プーシキンの名を私は見つけることが、出来ませんでした。

みぞれ降る
石狩の野の汽車に読みし
ツルゲエネフの物語かな
（明治四十三年五月七日）

五歳になる子に、何故ともなく、
ソニヤという露西亜名つけて、
　呼びてはよろこぶ。

（明治四十四年七月十日）

ボロオヂンという露西亜名が、
　何故ともなく、
幾度も思い出さるる日なり。

（明治四十三年六月二十日）

句読点のない一首目だけが『一握の砂』のものです。これらの作品には、啄木のロシアに対する、それこそ「何故とも」ない親和感がただよってきます。

ツルゲエネフは、トルストイと並ぶロシアの偉大な作家でした。また二首目に歌いこまれている「ソニヤ」についてのモデルさがしも色いろありますが、啄木好みという事といえば、ロシアの女性革命家ソフィア・ペロフスカヤが有力でしょうし、「ボロオジン」は、啄木が愛読した、ロシアの革命家クロポトキンの変名でした。

一首目の「ツルゲエネフ」は、やや軽く歌いこまれている感じですが、「ソニヤ」と「ボロオヂン」には、思い入れの強さを感じます。啄木のロシア革命の歴史への関心の強さの一端は、のちに書いた長詩「はてしなき議論の後」にもあらわれていると思います。

このように、ロシアへの親近さを示した啄木が、プーシキンについては、啄木全集のどこにも名前さえ書き残していないのは、私にとっては不思議であり、啄木への不満の一つとなっています。

啄木は生涯にわたって、ゴーリキーへの強い関心をもち、その作品を読んでいます。ある研究者の調査によると、啄木が全集の中で言及している西洋人は百六十五人で、頻出度の一位はニーチェの四十一回、二位はゴーリキーの三十九回、三位がトルストイの三十八回などとなっていました。ニーチェは、啄木のごく若い時に、集中的に出ているわけで、ゴーリキーやトルストイとは、その意味あいが違うようです。

そのゴーリキーが、プーシキンについて、次のように書いています。

「プーシキンは、文学は・第一級の重要性をもった・民族的な仕事だということ、役所における仕事や宮廷における勤務よりも、よりたかい性質のものであることを感じた最初の人である。」

「――まもなく彼は銃殺された。

かれの運命は、歴史の意志によって、ちっぽけな、卑劣な、貪欲なひとびとの

あいだで生きることを余儀なくされた、あらゆる偉大な人物と運命と完全に一致する。」（ゴーリキー『ロシア文学史』岩波文庫）

啄木のゴーリキーへの熱中度から見れば、この文章がすでに訳されていれば、必らず目にとめたと思いますが、前記岩波文庫の出版は、はるか後年のことですので、啄木の目にとまることは不可能でした。

「マカロフ提督追悼の詩」

日露戦争の最中に、ツァーの弾圧に抗して、オデッサの労働者がゼネストで立上ったとき、黒海艦隊の戦艦ポチョムキンの水兵たちが、反乱をおこし、この闘いを支援してオデッサ港に入港したことがありました。このニュースは世界中に伝えられました。それは啄木の血を湧き立たせるような事件でした。啄木は、友人への手紙の中で、これを「痛快な事」と云い、「日本の精神的社会にポテムキンの如き『自由』の型艦は無之候」(伊東圭一郎宛)とまで書き、ポチョムキン号の革命的行動を「自由」の問題としてとらえながら、大きな共感を示していました。日露戦争の初期にも「マカロフ提督追悼の詩」という、敵将追悼の長詩を書いています。その一部を引用してみます。

ああ偉(おお)いなる敗者よ、君が名は
マカロフなりき。非常の死の波に
最後のちからふるへる人の名は
マカロフなりき。胡天の孤英雄、
君を憶(おも)へば、身はこれ敵国の
東海遠き日本の一詩人。
敵乍(かたきなが)らに、苦しき声あげて

高く叫ぶよ、〈鬼神も跪づけ、
敵も味方と汝が矛地に伏せて、
マカロフが名に暫しは鎮まれよ。〉

啄木のマカロフへの思い入れは、極めて強いものがあったことは、引用した長詩の一部だけを読んでもわかります。啄木の詩的感動は、この詩を一息に書きあげていったように思います。啄木は詩想が湧いてくると、筆をかみながら、構えたと、ある友人への手紙の中に書いていますが、マカロフ追悼の詩は恐らくペン書きだったろうと思われます。筆では、啄木の詩的感動の展開には、追いつかなかったような気がするからです。

啄木は、なぜ敵将マカロフを歌ったのか——について、敗者に対する啄木のヒューマニズムによる憐憫であるとか、日本的武士道精神の残影であるとか、啄木研究者らによってさまざまにいわれて来ました。

しかし私は、一果一因のように、一つの理由できめつけられるものでは、ないように思います。啄木のこの詩への感動には、いずれの考え方もすべて含まれているようであり、また、すべてに含まれていない何かがあるのでは、と私には感じられます。

私が、啄木の「マカロフ提督追悼の詩」に持つ疑問は、その作詩意図の問題もさることながら、マカロフ提督がその旗艦とともに命運を共にした時期とほぼ重なって（正確には十二日前）、日本の聯合艦隊が展開した旅順港閉塞作戦で、広瀬武夫少佐が戦死した問題とかかわります。

啄木のナショナリズムは、国民的英雄として惜しまれ、軍神と賛えられ、また小学唱歌にも歌われた廣瀬武夫に向かわずに、その詩的感動がなぜマカロフに向ったのか、という疑問です。

旅順港は、入口が狭く、奥が深くなっていました。旅順の丘に構えられた砲台は、旅順港全体が射程内におさめていましたから、ロシアの太平洋艦隊は、この安全な港の奥に逃げ込んでしまえば、日本の連合艦隊がどんなに歯軋り(はぎし)りしても、港内に突入できません。そこで日本海軍が考えた作戦が、ロシア艦隊を港の中に閉じ込め、陸上作戦で旅順要塞を落とそうということでした。古い商船を何隻か旅順港の入口に沈め、港を封鎖しようということでした。

マカロフと広瀬武夫

旅順港閉塞作戦は二回にわたって行なわれましたが、第一回は失敗に終りました。この時広瀬武夫少佐は閉塞船五隻のうちの一隻の指揮官でした。第二次作戦にも、閉塞船四隻の一隻である「福井丸」の指揮官として、指揮官付の杉野孫七兵曹とともに乗り込みました。

この旅順港での攻防戦は、作家児島襄の『日露戦争』（文春文庫）に詳細をきわめていますので、私の説明もそれを参考としたものです。

三月二十三日に出撃命令が出されたものの天候急変のため出撃がのび、三日後となりました。三月二十七日の夜、広瀬武夫は予定地点で「福井丸」の爆沈を命令。広瀬少佐は、沈没しつつある「福井丸」から退避して乗組員とボートに移りました。ところが、杉野兵曹が見えないため、沈みつつある「福井丸」に戻り、船内を探したが、見当たらず、ボートに戻ります。しかし広瀬は、あきらめきれず、二度、三度と船内とボートを行きかえりします。もはやこれまでと三度目にボートに乗り移った途端、敵の弾丸が飛来して当り、「頭脳は微塵に破壊せられ、其脳漿は飛沫の如く四辺に飛散し、広瀬少佐の肉体の一片さえも残らなかった」と、当時の新聞報道を引用して児島襄は書いています。「広瀬少佐の死は、日本全国に感動と興奮をさそった」のでした。

ロシア海軍中将マカロフが、皇帝ニコライ二世によって、ロシア新太平洋艦隊司令長官に任命されたのは二月十四日でした。マカロフは、首都ペテルブルグからシベリア鉄道に十八日間のって、三月八日に旅順に着任しました。マカロフの戦術は、前任者の保守的な戦術とは反対に、積極的に港外に打って出て、日本艦隊を港内に誘い込み、射程内にある旅順砲台から撃滅しようといったものでした。

マカロフ中将は、旗艦ペトロパウロフスクに乗り、ロシア太平洋艦隊の主力をひきいて出港したりしました。

日本海軍は港を封鎖する作戦が香しくないので、作戦を変え、旅順港外に機械水雷を敷設して、ロシア艦隊を閉じこめようとしました。

広瀬武夫少佐の戦死から十二日目の四月十三日、マカロフの旗艦「ペトロパウロフスク」がまた出港して、砲台の援護をうける射程のギリギリの所まで出てきて、日本艦隊を挑発し、港内に誘い込もうとしました。

しかし、旗艦「ペトロパウロフスク」がたどる針路は、まさに夜のうちに日本の駆逐艦が敷設した機雷線上にあったのでした。それと気づいた日本の連合艦隊旗艦の「三笠」の「艦橋は静まり返った。」と児島襄は書いています。

——九時三十九分、旗艦「ペトロパウロフスク」が突然、大爆発、瞬時と云う形で沈没していきました。司令長官マカロフ中将以下七百七十三人の乗船者のうち生存者は、百二十九人であったといいます。六百四十四人が艦と運命を共にしました。

この様子を見守っていた「三笠」艦上には、旅順港作戦の立案者、参謀の秋山真之少佐がいました。秋山真之は、広瀬武夫の親友であり、正岡子規の幼ない頃からの友人でもあります。子規はすでに二年前の明治三十五年に亡くなっていました。

秋山真之が、連合艦隊司令長官東郷平八郎の参謀として、ロシアのバルチック艦隊に決戦を挑み勝利を収める日本海海戦は、まだ一年以上も先の事です。

児島襄の『日露戦争』は、広瀬少佐とロシア側に衝撃をあたえたマカロフ中将の死について、次のように書いています。

「(二人の死は)『日露戦争』の初期において、それぞれの国民の士気を片や極度に高揚させ、片や極度に沮喪させせた点で、まことに対照的である。

その意味で、マカロフ中将の死は日本側にとっては有利な要素とみなされ、四月十五日、新聞が中将の死をつたえると、日本国民はより一層に戦意と楽観を刺激された。」

トルストイのマカロフ批判と啄木

トルストイの有名な「日露戦争論」が、『週刊・平民新聞』に全文訳載されたのは、一九〇四(明治三十七)年八月七日の第三十九号でした。編集部が四百字ほどの前がきをつけています。

「今や吾人其全文を接手して之を読むに、其平和主義博愛主義の立脚地より一般戦争の罪悪と惨害とを説き、延（ひい）て露国を痛罵し日本を排撃する処、筆鋒鋭利、論旨生動、勢ひ当る可（べか）らず、真に近時の大作雄篇にして、一代の人心を警醒するに足る者あり」

この部分を読んでいると、『週刊・平民新聞』の幸徳秋水や堺利彦の昂（たか）ぶりが伝わってきます。『週刊・平民新聞』は、創刊号（明治三十六年十一月十五日）に「自由・平等・博愛」の三原則を高く掲げていましたから、トルストイの「日露戦争論」の主張は、共通の思想、つまり「非戦」の思想をいち早く読みとったものと想像されます。もちろん『週刊・平民新聞』の社会主義者たちは、戦争の原因を「経済競争に帰」していましたが、トルストイは、それを人間内部の「堕落論に帰」していたのでした。

私がここで是非ふれたいと思ったのは、啄木があれほど感動し、その悲劇的な死を悼んで、長篇の追悼詩を捧げたマカロフに対し、トルストイが痛烈な批判と糾弾を展開していることについてです。

「旅順港外に於て六百の罪なき者殺されたりとの報に接せり、比六百の不幸な人々が斯く無益に悲惨の死を遂げたるを見ては、此破滅の原因たりし人々を糾弾するを以て正当なりとすべし、予の斯く云ふはマカロフ其他士官等の為に非ず」

トルストイはさらに続けます。

「人民は皆勇敢なるマカロフの死を語れり、彼が人を殺すに妙を得たるは何人も異議なき所なり。彼等は又数百萬ルーブルを値したる精巧なる殺人機の沈没を悲しめり、彼等は又如何にして彼の憐れむべき弧漢マカロフにも劣らざる他の虐殺者を得んかと論議し居れり。」

トルストイのマカロフ批判はまだ続きます。

戦争とは、人の殺し合いであり、兵器は殺人機械にすぎないこと、そして、無惨に命を奪われてゆく「不幸な人々」の立場に立って、戦争を糾弾しています。マカロフも、その帝国も恥ずべき「虐殺者」の立場に立っていることを厳しく糾弾されています。

啄木は、『週刊・平民新聞』で、トルストイの「日露戦争論」を読み、筆写までしています。第一詩集『あこがれ』には「マカロフ提督追悼の詩」を収めました。そのマカロフをトルストイは厳しく批判しているわけですから、トルストイの「日露戦争論」を読んだ時、啄木は平静では居れなかったはずです。トルストイのマカロフ批判は、啄木の「マカロフ提督追悼の詩」の詩的虚構の土台を掘りくずし、詩的な修辞を容赦なく引きはぎながら、そこに人間の生きる真実をつきつけて来た——と啄木は感じたにちがいないと、私は思います。

しかし、啄木は『全集』のどこにも、トルストイのマカロフ批判と、自作の詩の間によこたわる、断絶したような人間認識の大きなちがいの状況を、ふり返ったふしは見当りません。俊敏な啄木が、何かを感じ、書き残さないはずはないのに——と今でも不思議に思っています。

（二〇二三年四月二十八日）

合同歌集『台風圏』のこと

『新日本歌人』の人で、この歌集名を知る人は、もう一人もいないのでは、と思います。それほど遠い昔——一九五八年十二月——、数えれば六十四年も前に出版された本のことだからです。

これは当時若手といわれた協会の歌人たち十人による新書版型の合同歌集名で新日本歌人協会の発行したものです。私もその十人のうちの一人で、二十歳台から三十歳台に入ったばかりでした。

そんな古めかしい時代の落穂をなぜ拾うかといいますと、この歌集に寄せた一九五八年十二月四日の日付けをもつ、渡辺順三の「序」が、古びた袋の中から見つかったからです。その序文は、他のどこにも活字になっていませんので、順三研究を志す人が、もし出てくれれば何らかのお役に立ち得るのではと考えたからです。

当時、新日本歌人には元気な若い歌人たちが多く、『台風圏』の前に『二十人集』という合同歌集が出ていますので、『台風圏』は二番手ということになります。当時「中堅」と呼ばれた『台風圏』参加の十人は次のような人びとでした（五十音順）。

石川なおき・こいでひさし・碓田のぼる・笠利吉輝・斉藤巌・田中礼・中田くすを・冬村和・向井毬夫・水枝弥生。

まず、順三の「序」を紹介したいと思います。その方が当時の時代の雰囲気がよくつたわるだろうと思うからです。「序」は、二百字詰原稿用紙六枚です。

序

歌集『台風圏』は現在の『新日本歌人』に所属する新鋭の人々の合同歌集で、前の『二十人集』につぐ第二冊目である。私はこの歌集の出版を心から喜ぶものである。そしてできれば、このような歌集が毎年一冊づつ刊行されるようになりたいものだと思っている。

『新日本歌人』にたいする歌壇の批判はきびしい。素材主義といわれ、素材リアリズムだといわれ、表現の拙劣を指摘されてきた。それらの批判は一応もっともであり、われわれとしても謙虚に耳を傾け、われわれの欠陥や弱点の克服に努めてきたと思っている。そしてその成果は多少とも見られるとも思っている。そのことはこの歌集の作品にもあらわれているといえるだろう。しかし正直にいって、この歌集の作品に目を通して、決して「腹ふくるる思い」がしたわけではない。いまの歌壇の水準からみて、未だ未だ低いところにあり、作品としての結晶度において浅く弱いといわねばならぬ。そのことはこの歌集に作品を出している人もおそらく自覚していることであって、そこからの脱出に今後の努力が重ねられることを信じている。

いまの歌壇の水準といっても、いまの歌壇ほど混乱し、複雑多岐な様相を呈しているこことはかつてないといっていい。喧噪をきわめているといってもいい。そのなかでさまざまな実験や試行がこころみられている。そして短歌が多彩になり、けんらんにもなっている。そこにはたしかに文学としての発展も進歩も見られると思うが、しかしなかにはわれわれとして同意しがたいものや、否定すべき傾向もないとはいえない。われわれはいまの歌壇の混乱と喧噪のなかで、われわれの進むべき方向を見失うことなく、あくまで現実の生活にしっかり足を踏みしめて、そこから個々の生活を通して真実の追求を、現実への批判が歌われなくてはならぬであろう。従来のわれわれの作品には、とかく事実の報告や、平板な記述に過ぎないものが多く、作品としての内面的な深さに欠けていたと思う。そのことは各作者に鮮烈な感覚と、たくましい想像力の乏しさ、その土台になる現実認識の常識的浅さによるものだといえよう。

どうも序文らしくない文章になったが、私としてはわれわれの作品の欠陥や弱点を反省しながら、ここに集っている十人の人々、また前の『二十人集』の二十人の人々、それらにつづく新しい人々によって新日本歌人の将来に大きな期待をかけたいと思うのである。

本集が一人でも多くの人に読まれて、忌憚のないきびしい批判がかけられ、そのことによって、『新日本歌人』の作品がさらに成長することを切に望まずには居られない。

一九五八年十二月四日

渡辺　順三

「どうも序文らしくない文章になった」と順三が自分でいっているように、この

「序文」は「短歌時評」といった方が当っているかも知れません。しかも、今読んでも、これは現代短歌のことをいい当てている、といった言葉にいくつも出会います。

このわずか百三十三頁、定価百円の合同歌集は、文京区林町の萩原印刷所という、小さな印刷所でつくられました。

現在でいうと、地下鉄の茗荷谷駅をおりて、当時あった文理科大学(現筑波大学)の脇の坂を下り切り、また登り坂を上りきった所に、この印刷所がありました。坂は東大植物園に添ったものでしたが、かなりきつい坂で、新日本歌人誌の校正で私は幾度となくこの坂を往復しました。肺を病んだ順三は、この坂の途中で、二、三回は立ち止まって深呼吸をしなければなりませんでした。

地下鉄の駅から坂を降り切った所は、昔は谷間だったろうとすぐ想像がつくほど何となく陰湿な感じのする家並が細く続いていました。徳永直の小説『太陽のない街』の舞台です。萩原印刷の主人の萩原さんは、『太陽のない街』にえがかれた印刷工場のストライキに参加した老闘士でした。萩原印刷所は、小さな二階屋で、一階が印刷工場でした。この頃は、一字一字活字を拾って頁の文章を組んでゆく、という手間ヒマのかかる苦労な作業でした。

萩原さんは、実に気性のさっぱりした労働者的な人で、いつも支払いに困窮している新日本歌人の印刷代の借金が次第にふえてゆくと、萩原さんはきまったように、借金を棒引きにしてくれるのでした。それは萩原さんが、渡辺さんを尊敬しており、渡辺さんも、萩原さんを信頼していた、という二人の関係において、成り立っていた、今考えると美談のような日常がありました。

茶色に変色した順三の原稿用紙には、順三自身が印刷所に入稿した時、活字を拾う植字工のために、わかり易い活字の大きさの指定などが、赤い色鉛筆で書かれています。

『台風圏』への順三の「序」を写していると、すぐ耳のそばで順三が声をたてて述べているような錯覚におちいります。順三の声は厳しさを含みながら、優しみを感じさせるものでした。順三は「序」の中で、順三が求めている後進への期待の強さや、歌壇の批判などを、身を立てて、是とするものは受けとめ、否とするものは厳しく斥(しりぞ)けているのです。それは、順三のどんな評論、文章でも共通した、そして本質的な立脚点でした。

私は『台風圏』出版の世話役のような役まわりとしていましたから、順三の貴重な「序」の生原稿も、私の手許に残るという、めぐり合わせになりました。これは、ありがたいことでした。

私ごとを書きますが、私の『台風圏』出詠五十首は、新日本歌人協会に入会して、五年目ぐらいの時で、故郷で入会していた『潮音』系の短歌雑誌『露草』の影響を色濃く残したおさないものです。参考までに二首だけ引きます。

野も今は透明にして筑波あり冬田の水は陽に浅く澄む
「生みたかった――」と吐く如く云い夕暮れを子をおろし来て妻は泣伏す

私の作品表題は「面をあげて」ですが、その傍らにアイルランドの詩人イエーツの次の詩の一節がおいてあります。

歌いつづけよう、どこかで、いつかは、限りが死でないことが分るだろう。
大地のあたらしい調べがきこえるだろう。

「あたらしい調べ」は、どこか遠くで、かすかな音をたてているようには感じますが――。

（二〇二三年七月二日）

山川登美子の墓

私に一冊の古い「原稿」帳があります。若い頃何かをいろいろと書きためようとしたのでしたが、結局ここに書かれた文章は、「山川登美子の墓」一つだけです。この文章の最後に「三十四年を経たメモ書きしたものを見つけ。記念のために筆写し直した――二〇一六・八・三一」とありましたから、今からだと四十一年前というひどい昔の事になります。そんな昔に訪れた明治の歌人山川登美子の墓のことです。この時代の雰囲気を感ずるためにそのまま、この落ち穂ひろいにひろい上げることにしました。

〈一九八二年九月一二日　日曜日　雲多し〉

九時半、福井あわら温泉越前荘を出る。十時二十六分、急行大社号にて小浜着十二時二十四分。

駅で、市内観光案内図を手に入れプランをたてる。山川登美子の生家、公園、発心寺（ほっしんじ）という順にタクシーでまわることにした。


千種町の登美子の生家は、もう十代ぐらいになる旧家のようであるが、豊かな家構えでかなり広い屋敷を、高い生垣が囲っている。

小浜公園に行く。幕末の志士梅田雲濱（うんぴん）の碑と山川登美子の碑を見る。かなり急な石段を二十段ぐらい登った所の右手の広場に梅田雲濱碑、さらに二十段ぐらい上ると、また平な所がある。さらにその上の急傾斜の石段を上ると、そこに山川登美子の歌碑がある。自然石に銅版をはめ込んだものである。

幾ひろの波は帆をこす雲にゑみ北国人と歌はれにけり

と刻んであるが、この銅版はあまりよく出来ていない。石の風情をこわしている。函館の立待岬にみる与謝野晶子と寛の碑を思い出した。あれは短冊（たんざく）型と色絵型とをあしらったもので、いっそう大きな岩のようだった。あれはあれで、全体のかもし出す通俗性をのぞけば、まとまっていたように思う。

山川登美子の歌碑は、全体として小さい。小さくともよいが、もう少しバランスのとれたものであるべきだと思った。

公園をおりて、また車で発心寺に向う。

車をおりてキョロキョロしていると、門前で車を洗っていた若い外国人の僧が、

「山川登美子？　詩人でしょう？　それはコッチです」

と実に巧みな日本語で私を案内していってくれた。

発心寺の墓地には、やや盛りを過ぎたものの、ヒガン花が燃え立っていた。何

百という墓の間に燃え立っているこの花は、まったく墓にふさわしく調和していた。

墓地をのぼりつめた所の奥の一角が、山川家のもので、三十基ほどが整然と並んでいた。新旧・大小さまざまであったが、ごく最近のものを除いては、いずれも苔むしており、形が端正であった。

山川登美子の墓碑がなかなか見当らなかったので、外国人僧侶は「もう一度聞いてきます」といって、くりの方に下りていった。そこへ中年の夫婦らしい一組みがのぼってきた。登美子の墓に来たらしい。夫の方は、文学に無関心、奥さんの方は、少し文学の心得があるらしく、聞くともなく聞こえてくる話の内容はチグハグで面白い。

「二列目の左から二番目です」

とさっきの外国人僧がいってきた。教えられた墓は、山川家の分家歴代の墓で、裏面を探って見ても登美子の名は見当らない。さきほどの夫婦もようやく登美子の墓を探しあてたようだ。山川家の最後列、登美子の父、母の墓のすぐうしろにあった。先ほどの夫婦づれの奥さんの方が、ヒガン花を折って来て墓前の花さしにさした。私は何枚かの写真をとった。

山川登美子は、結婚して家を出たわけであるから、当時の風習からいえば、この墓地に葬られるのはおかしいのである。

しかし、夫に死別、さらに自らも結核で死ぬという薄幸さを、母親や兄弟たちは憐れんで、ここに墓を建てたのかも知れない。

登美子よりも一年前に死んだ父親の貞蔵の墓は大きく堂々としている。その向い左隣りに貞蔵の妻えい、すなわち登美子の母親の墓がある。大正四年八月に死んでいる。その母親は、夫をおくり、娘に先だたれ、そのあと十年近く生きていたのである。その両親の墓のうしろに、かくまわれるように、山川登美子の墓が

ひっそりと立っているのである。その風情はいかにも与謝野晶子、増田雅子との合同歌集『恋衣』の中の一首、

それとなく紅き花みな友にゆづりそむきて泣きて忘れ草つむ

と、与謝野寛をめぐる晶子との恋の争奪戦に敗れた山川登美子の、敗者の心情が、しみじみとして表現された歌である。

私は、所属する組織の仕事で、西に下る時はいつも、新幹線に坐りながら、私の心のどこかに、若狭の山川登美子の歌碑がひっかかっていた。一度は訪ねたいと思いながら、ながくその機会がなかった。

——今日、ようやく、その歌碑にまみえる事ができた。それに、墓もわかったことは、幸いであった。

山川亮（新日本歌人会員、山川登美子の実弟）についても、渡辺順三をはさみなが

ら、登美子のことをまとめて書きたいと思ったりした。

発心寺の外国人僧は、アメリカ人で、大学で経済学を勉強して、ここに来ているのだという。仲間が五人ぐらい来ているらしい。

「なんのために？」

と聞く。

「自分の問題を解決するために——」

と、至極、モハン的に答える。

「やがて、アメリカに帰るんでしょう？」

「ソーデス」

「帰って坊さんやるの？」

「ハイ」

「お寺、たてるの、大変でしょ?」

と私が同情すると、

「アメリカにはお寺もあるから、心配はいりません」

と明るくいった。

帰りに見ると、外国人僧は、まだ熱心に車を洗っていた。

私は、十四時四十六分の京都行きで、小浜をはなれた。


(二〇二三年八月三十日)

銀座のキツツキ

長い間、啄木研究のはしくれに居た私にとって、親近感を抱いてきた先輩研究者の一人に、清水卯之助さんがいます。

清水さんには、一度も会ったことがありませんが、清水さんに抱く私の親近感は、銀座並木通りにある、一風変った啄木歌碑につながるものでした。そのことについては、のちに述べることにします。

清水卯之助さんはレッキとしたジャーナリストで、啄木研究者——というより

「大逆事件」研究者だったように思われてなりません。それは、「大逆事件」の十二人の死刑囚の中の紅一点である菅野須賀子の研究に深く入り、『菅野須賀子全集』（全三巻、一九八四年）に結実していることを考えても明らかです。

清水卯之助さんは、明治四十二年（一九〇九）年生まれ。二〇世紀が始まったばかりの時代であり「大逆事件」の起る前年の生まれです。大学卒業後、時事通信社に入り、経済記者として活躍し、以来、ジャーナリズムの世界に四半世紀をすごしました。

清水さんの「大逆事件」や啄木研究へのキッカケにどんなものがあったか、しっかり書かれたものは、何もありませんが、私の思いつきでいえば、「大逆事件」前年の生まれ年や、ジャーナリズムの世界で生き抜いたことなどは、欠かせない条件であったように思います。

清水卯之助さんは、昭和ヒトケタ生まれの私にとっては、父親世代の人です。このはるか年長者への、年齢をこえた私の親近感は、清水さんの啄木研究の著書よりも、清水さんがほとんど中心にすわって企画、推進したと思われる、銀座の啄木歌碑を介してつながっているような感じを、年とともに濃くしています。

私が清水卯之助さんの声を聞いたのは、生前一回きりの電話の声でした。その電話のくわしい内容は、すっかり忘れましたが、おそらく清水さんが著書『石川啄木――愛とロマンと革命と――』（和泉書院刊・一九九〇年四月）が出版された時、私にも贈られてきて、お礼の手紙を書き送るとすぐ折り返しのように、電話があり、そのおりの話の中で、清水さんから、「東京に啄木会を作りませんか」と呼びかけられたのでした。年に一回思い出したように開く、なんとなくありきたりの啄木祭ではなく、恒常的に研究、活動をする啄木会をつくらないか、というわけでした。

戦前、プロレタリア文化運動の発展の中で、全国に啄木会が二十か所以上も作られ、啄木の思想と文学を日常化、運動化しようというのが、啄木会の活動目標でした。しかし、戦前の啄木会は、治安維持法によって、片っぱしからつぶされていきました。啄木研究とその運動がこのように扱われるのは、啄木にとって不幸な時代でした。啄木にとっての不幸な時代は、そのまま国民にとっても不幸な時代でした。清水さんは、ジャーナリストとしての鋭い感覚で、いまの社会にひどい時代の迫るのを感じとり啄木会を、といったのだろうかと、今にして思いめぐらせたりしています。

明治の神権的な天皇・天皇制こそが、明治の「時代閉塞」の元凶であることを明らかにしようとしたのが、石川啄木の評論「時代閉塞の現状」でした。いま読んでも胸のすくような、啄木のこの画期的な評論は、啄木生前に、活字となって発表されることはありませんでした。その無念さを、戦後も考え続けていた清水卯之助さんの、ある時の、思いつめた言葉が、「東京に啄木会を——」だったのではないか——などと想像したりしています。

京橋の滝山町の
新聞社
灯ともる頃のいそがしさかな

この啄木の歌は歌集『一握の砂』の中のものです。啄木が校正係で働いていた東京朝日新聞は、昔はこの歌碑のあるあたりの町にありました。ジャーナリストとして働いていた清水卯之助さんが、この歌に深い共感を覚えたのは、当然のように思います。その共感が、清水さんを啄木歌碑の建立運動に強く引き込んだのだと思います。

有楽町駅をおり、数寄屋橋に立つと、広い中央通りの向う側に直角に入る狭い通りの入口が何本か見えます。二本目あたりが啄木歌碑のある銀座六丁目の並木通りです。

銀座の啄木歌碑は風がわりです。碑全体のデザインが、常識的な文学碑と全く異なっているからです。大きな木の幹を一メートル前後に切った感じの碑の本体は、その表を三分の二ほど平らにし、その上部に、若い啄木の肖像レリーフ、その下に「京橋の――」の歌が、やはり銅版レリーフではめ込まれています。碑の表面は、どちらといえば、ありきたりですが、碑の背後にまわると、そこにキツツキが幹にかじりついて、くちばしでさかんに幹をつついているというデザインです。キツツキは実にリアルに作られていました。木の幹に鋭いツメを立て、身を立てているキツツキの影も、樹肌に反映させているものでした。クチバシの先には、木肌にはりついている三匹ぐらい小さな虫も彫り出されており、このエモノを見つけたキツツキの眼は実に鋭くつくられています。

このキツツキの下に、建碑の由来を簡単に書き、最後に「銀座の人、これを建つ」とありました。「銀座の人」は単数ではなく多数でした。その多数の中心に、清水卯之助さんが居たのだと思いました。「銀座の人」の中にいることで、清水さんは十分だったのです。清水さんのつつましい思いがすがすがしく伝わってくるようでした。「銀座の人」の所まで読むと、清水さんが「やあー」といって、あらわれてくるような錯覚にとらわれました。

キツツキは碑面の裏がわに居ながら、しかしその存在は、銀座の啄木歌碑の主役でした。木をツツク音も幻想ならば、その音が文章のようになるのも、また幻想でした。


「いいのか君たち！」

「それでいいのか！」

「ちゃんとしないと後悔するぞ！」

銀座のキツツキは、啄木のいいそうなことを、いいたてるようでした。

——オレはここで、木を叩き続けるから、君らはしっかり時代の悪とたたかうんだな！」

銀座の啄木歌碑の主人公は、碑の表面にはめ込まれたレリーフの啄木ではなく、見落とされてしまう歌碑の裏側で、鋭いツメを樹はだにしっかり食い込ませて木を叩き続けているキツツキではないか、と思ったりします。

啄木というペンネームはキツツキからの連想といわれます。そうだとすれば、銀座のキツツキこそ、本来の啄木なのかも知れません。

銀座の並木通りの啄木歌碑のキツツキは以前も、今も、これからも、木をツツキ続けることでしょう。その生み出す音は、多分聞く人によってさまざまでしょう。

――どうして、そう木を叩くのだ？

――時代を呼び出しているのさ――

――時代？
――新しい時代！――を、さ
銀座の啄木歌碑の背のキツツキは生意気そうにそういいます。
消費社会の模範のように輝いている銀座に、啄木歌碑のキツツキは人間の言葉と変らないような擬態語を発し続けることでしょう。

（二〇二三年八月三十一日）

錦の心と思いやり

私の祖母はけいといい、元治(げんじ)元（一八六四）年に生まれ、敗戦の年（一九四五年）に八十八歳で亡くなりました。当時としては長命でした。

おけいさんは、自分の生まれた年を「がんじ元年」といい続けていましたので、私も長いこと、正しくは「げんじ」であることを知りませんでした。

おけいさんは娘の頃、旧松代藩の家老だった宮入家に、行儀見習いを兼ねた奉公人ぐらしをしたことがあります。そのせいか、おけいさんは、年老いても気位の高いところがあり、さわやかでした。

私は、小さいときから母よりも祖母のおけいさんの方が、身近な存在でした。家付き娘であった母は婿取りで、父は山の中から里におりてきたのでしたが、小作農の父と母は、年がら年じゅう田畑で働き、養蚕期には蚕を育て、マユにして出荷するまで、休むひまもありませんでした。

おけいさんは、私にとって母がわりでもありました。幼少期の私は、こうして「おばあさんッ子」として育ちました。

千曲川の川原での薪ひろいは、おけいさんの役回りで、入学前の私はいつも一緒でした。

おけいさんは、そうした川原へのゆき帰りや、薪をひろいながら、いろいろな昔話をしてくれました。それは時に、幼い私でも、首をかしげるような、辻褄の合わない昔話も、おけいさんは気にもとめず、孫の私に語り続けました。

その時の昔話の一つに、忘れられないものがあります。

千曲川にかけられた千曲橋は、私の子どもの頃は木橋でした。ちょっとした台風でも、千曲川の水嵩が増すと、橋は流されてしまいます。

おけいさんの話は、そんな時代よりも、いく昔も前の話で、もはや伝説としかいいようのない昔がたりでした。

千曲橋のすぐ下流の橋は、粟佐橋といいました。おけいさんの話は、この粟佐橋にまつわるものでした。

粟佐橋は虚弱で、ちょっとした増水でもしばしば流されてしまいます。

いつの時代かに、村の面々が相談した結果、川の神のたたりにちがいないとし、たたりをしずめるためには、人柱をたてるより仕方がないときまりました。人柱には村一番のきりょう好しのむすめが選ばれました。

人柱とは、具体的にどのようにするのか、おけいさんは語りませんでした。縄でグルグル巻きにされた娘が、石の重しをつけられて川に沈められていくイメージが、私のものでした。

娘を人柱にしたおかげで、その後、粟佐橋は健康になり、おおかたの洪水では流されなくなった、というものです。

いつの時代からかそう伝えられてきた、口碑・伝説のたぐいでしょうが、この話の最後には、おけいさんはきまって、「もうら、、、らしい、、ことだに——」といって涙ぐむのでした。「もうらしい」は信濃の方言で、「かわいそうに」ということです。

おけいさんが、孫の私の胸深く刻み残した言葉があります。それは次のようなものでした。

「人間は、どんなに貧しくとも、心錦(こころにしき)が大切だぞよ」

というものでした。私がおけいさんの傍にいる時には、この言葉の最後には、かならず、

「なー、のぼるや」

という呼びかけ言葉が続くのでした。

おけいさんが、私の心に刻んだ、物質的な豊かさよりも、精神的な高貴さをこそ、人間価値の評価の基準としたことの意味を、年齢をかさねるほど、重く感ずるようになっていきます。


祖母が亡くなった時、私は鉄道工場の養成工の寄宿舎に入っており、その死に目にもあえず、葬式にも顔を出せませんでした。

のちに、口の悪い末の妹が、「おばあさんの虱だらけの着物のふところに、お兄さんの写真を持っていたのよ」

といいました。ボケが進んで、すでに常軌ではなくなった祖母は、わたしがい

くつになってもついてまわる「おばあさんッ子」だと思っていたのだと思います。

おけいさんが亡くなって二年ぐらいたった年の暮れに、出張で上京してきた兄と一緒におけいさんが娘の頃、奉公にあがっていた宮入家の住む世田谷に、おユキ小母さんを訪ねたことがあります。宮入家は、祖母の生家の遠い血筋にあたり、旧松代藩（真田藩）の家老の家柄であり、おユキ小母さんは、家老の娘だと兄は教えてくれました。そうすると、おけいさんは、娘の時代から十二歳年上のおユキ小母さんの側使(そばつか)いとして生活(くらし)たのでしょうか。

私が小学校にあがった頃、神戸に住んでいたおユキ小母さんは、盆暮(ぼんくれ)には必ず祖母あてに、菓子や果物、時に衣類などを送ってよこしました。その贈り物などを包んだ小包の表書きや裏書きは、実に達筆で美しいものでした。私のおユキ小母さんに対するイメージは、小包の書かれた文字によって作られていました。

おユキ小母さんは、徳川幕府最末期の安政三(一八五六)年の生まれです。一八六四(元治元)年生まれの私の祖母は、おユキ小母さんより十二歳年下ということになります。祖母は旧藩家老の宮入家に、単なる住込み女中のように働いていたのではなく、おユキ小母さんのいわゆる腰元のような感じで、身近く、親しく仕えたのだろうと思います。そうでなければ、年々の神戸からの贈り物の意味はつかめなくなってしまいます。それは、古く血につながり、封建の遺制につながった、この時代の人びとの作法だったと思います。

私は兄の呼び出しで、その年のおしつまった暮のある日、午前中で工場を早退すると、二人で、小田急線梅ヶ丘駅で降りて、おユキ小母さんを訪ねました。おユキ小母さんの家は大きな家ですぐわかりました。おユキ小母さんの長男は、慶応大学を出た人で、いくつもの会社の社長をしているのだと、兄はいいました。兄はあらかじめ手紙を出しておいたようでした。

おユキ小母さんは、六畳の部屋の真ん中に置いた小さいテーブルの前に座っていました。はじめて見るおユキ小母さんは、奇怪なほど小さくなっていて、頭髪は全部抜けてしまっており、頭蓋骨の凹凸（おうとつ）が気味の悪いほどはっきりとしていました。私はひどく見当がはずれて戸惑いました。私がこれまで頭の中に描いてきたおユキ小母さんは、もっと若くてきれいで、上品だったのです。私のイメージは、祖母に毎年神戸から送られてくるおユキ小母さんの小包の中身と、宛名書きの文字によって作られてきたのでした。

おユキ小母さんは、その時九十一歳だといいました。年はとっても、頭は実にはっきりとしたものでした。

兄は、耳の遠くなったおユキ小母さんの耳もとで、初対面の挨拶をしました。おユキ小母さんも喜んで話がはずんでいきました。といっても、それはおユキ小母さんの一人舞台でした。

「戦争に負けまして、本当にご苦労の多いことでございます」

「――それにつけても思い出されるのは、あの会津戦争のときのことでございます」

「しかし、今こうして、戦いが負けて思いまするに、あのときは、会津の人たちはどんなだったろうと思われまして……。人間なぞというものは、やはりその身にならなければわからないものでございます」

おユキ小母さんは淡々として語りました。

一時間ほどの話の中で、最後におユキ小母さんのいった言葉は印象的でした。

「どうせここまで生きてきたなら、百歳も二百歳も生きて、いったい人の果（はて）はどのようになりますものか、見届けてみたいものだと、思いまするとでございます」

――いま私は、この文章を、思い出し思い出し書きながら、わが祖母やおユキ小母さんなどが、遠い過去の人ではなく、「人の果を見届けたい」といいながら、すぐそこにたたずんでいるように思えてなりませんでした。

（二〇二三年九月二十七日）

あとがき

　本書に収められた文章は、いずれも私の関係する東京町田市の短歌会の機関紙「ひだまり」に連載されてきたものです。「ひだまり」は、毎月の歌会のあとで、まとめのように発行されるニュース形式のもので、編集の岡島幸恵さんが私の手書き原稿をデータ化して掲載されてきました。

　こうした発表の場が身近にあったことは、息長く書きついでこられた大事な条件でした。若いときは鮮明だった事がらも、老朽化した建築物のようになっていく記憶にあらがい、本書の文章を書き続けました。本書の表題とした「落ち穂ひろい」の本心は、落ち穂になったものを拾うのではなく、落ち穂になりそうな記憶の世界から、いくつかを拾いあげて書いた——といったところでした。

本書を出版するにあたって、こうした発表の場を提供していただいた町田短歌会のみなさん、「ひだまり」編集のみなさんに、あらためて深く感謝し、お礼を申しあげるものです。こうして一本にまとめることができたのも、毎月きちんと発行される「ひだまり」があったからこそと思っています。

多くの人の協力と支えがあってはじめて本書が世に出ることになり、著者として深い感慨があります。

あたらしいこの一著が生まれたことを思うとき、私は歌会に結集するみなさんから大きな励ましを受けながら、書き続けられたことをつくづく有難く、幸せだったと思っています。本書は、町田歌会のみなさん、そして歌会紙「ひだまり」の力による、共同の所産のように私には感じられてなりません。

たくさんの人びとに、心からの感謝とお礼を申しあげるしだいです。

碓田のぼる

碓田のぼる（うすだ・のぼる）

1928年長野県生まれ。歌人。渡辺順三に師事。新日本歌人協会代表幹事など歴任。国際啄木学会、日本民主主義文学会会員。歌集『花どき』で第10回多喜二・百合子賞受賞（1978年）。歌集に『歴史』『信濃』『くれない』、評論集に『渡辺順三研究』『火を継ぐもの　回想の歌人たち』『石川啄木と「大逆事件」』『啄木断章』『一九三〇年代「教労運動」とその歌人たち』『石川啄木と労働者―「工場法」とストライキをめぐり』など。

落（お）ち穂（ぼ）ひろい

二〇二三年十二月八日　第1刷発行

著　者　碓田のぼる
発行者　岡林信一
発行所　あけび書房株式会社
〒167-0054
東京都杉並区松庵三-三九-一三-一〇三
Tel 03（5888）4142
FAX 03（5888）4448
制　作　編集工房「海」
装　丁　石間淳
装　画　永島壮矢
印刷・製本　中央精版印刷株式会社

Printed in Japan　ISBN978-4-87154-246-3 C0095